A SEDUÇÃO DO CREPÚSCULO

Dave Roberts

A sedução do Crepúsculo

Traduzido por
Susana Klassen

Copyright © 2009 por Dave Roberts
Publicado originalmente por Lion Hudson plc, Oxford, England.

Os textos das referências bíblicas foram extraídos da *Nova Versão Internacional* (NVI), da Sociedade Bíblica Internacional, salvo indicação específica. Todos os direitos reservados e protegidos pela Lei 9.610, de 19/02/1998. É expressamente proibida a reprodução total ou parcial deste livro, por quaisquer meios (eletrônicos, mecânicos, fotográficos, gravação e outros), sem prévia autorização, por escrito, da editora.

Dados Internacionais de Catalogação na Publicação (CIP)
(Câmara Brasileira do Livro, SP, Brasil)

Roberts, Dave
A sedução do Crepúsculo / Dave Roberts; traduzido por Susana Klassen — São Paulo: Mundo Cristão, 2010.

Título original: The Twilight Gospel
ISBN 978-85-7325-631-4

1. Crítica literária   I. Título.

10-06613 CDD-823

Índice para catálogo sistemático:
1. Crítica: Literatura inglesa   823
Categoria: Literatura

Publicado no Brasil com todos os direitos reservados por:
Editora Mundo Cristão
Rua Antônio Carlos Tacconi, 79, São Paulo, SP, Brasil, CEP 04810-020
Telefone: (11) 2127-4147
Home page: www.mundocristao.com.br
Sala dos editores: www.mundocristao.com.br/blog

1ª edição: agosto de 2010

Aos que se dispõem a ir ao Areópago.

Atos 17

SUMÁRIO

Introdução • 9

1. Usos do encantamento • 13

2. Medo dos mortos • 23

3. É preciso ser perfeito • 36

4. Alice no país do consumismo • 51

5. O sexo e a cidade interiorana • 66

6. Oculto e perigoso • 80

7. Há esperança para minha alma? • 93

8. Crepúsculo da alma • 106

Dados de publicação • 121

Notas • 122

Introdução

Você pode ter se interessado por este livro por várias razões.

Talvez você seja fã da série *Crepúsculo* e esteja curioso a respeito dos conceitos espirituais que norteiam as histórias.

Quem sabe é um pai ou uma mãe que deseja entender os livros que cativaram a imaginação de seu filho.

Pode ser que você trabalhe com jovens, na igreja, e esteja se perguntando o que levou a série a se tornar um *best-seller* correspondente a dezesseis por cento de todos os livros vendidos nos EUA, em 2008. É possível que você nem tenha lido os livros, mas tenha assistido a um dos filmes e se encantado com a vida da cidadezinha pacata, de clima chuvoso, no estado de Washington.

O livro que você está prestes a ler foi escrito sob uma ótica específica. Não se trata de um resumo imparcial. Seria mais apropriado considerá-lo uma discussão respeitosa.

A SEDUÇÃO DO CREPÚSCULO

Serão feitos alguns difíceis questionamentos relativos a valores, ética, sabedoria e matizes espirituais da saga. O que for digno de louvor o será, mas sem hesitação em questionar.

Minha visão de mundo norteia-se pela ortodoxia cristã tradicional. Aqueles que escrevem sobre cultura a partir dessa perspectiva podem ser acusados de assumir posições extremas. Ao deparar com as palavras "sexo" e "ocultismo", alguns adotam uma postura agressiva, condenando os livros o mais abrangentemente possível e recomendando aos jovens que não os leiam. Em contrapartida, outros se afligem com a perspectiva cristã sempre "contrária" à cultura e procuram encontrar um pouco de verdade, beleza e esperança em toda parte. A segunda perspectiva costuma buscar as chamadas "analogias redentoras". Essas parábolas, imagens ou metáforas dentro de um enredo são usadas como paralelos para a verdade cristã e portais para reflexões mais profundas.

É num ousado pé ante pé (supondo que essa mistura de metáforas seja viável) entre essas duas perspectivas que este livro caminha. Busca no texto de Stephenie Meyer uma perspectiva que vá além da que analisa o enredo segundo a sexualidade e o ocultismo. Questiona, no entanto, se a história trata, de fato, da rebelião associada ao imaginário e à mitologia vampiresca, ou se, na verdade, consiste numa ode a valores mais convencionais associados ao individualismo, consumismo e elitismo.

Meu guia é aquele garotinho que se dispôs a comentar que o imperador estava nu. Não estou certo se os rebeldes sedutores da saga *Crepúsculo* têm alguma esperança real a nos oferecer. Será que, nesse romance moderno, vemos em ação apenas uma imagem de rebeldia processada para o consumo em massa?

Espero que você tire proveito de nossa investigação.

Dave Roberts

1

Usos do encantamento

Numa era em que a arte de ler encontra-se supostamente em declínio, o sucesso de uma série de livros reunindo mais de 1.700 páginas e quase 3 milhões de caracteres talvez surpreenda alguns.

O apetite de leitores adultos e jovens pelo romance, pelo drama e pela emoção de sagas extensas, no entanto, continua ávido. O sucesso da série *Harry Potter* foi apenas um indicador. O advento da internet também possibilitou a formação de fortes movimentos de fãs em torno de séries como *Buffy, a caça vampiros* e *The West Wing — Nos bastidores do poder*.[1] No cerne dos movimentos de fãs, encontramos a identificação com os personagens da trama e o desejo de explorar não apenas a história, mas também a cosmovisão subjacente.

Um garoto chamado Harry Potter cativou a imaginação de muitos à medida que crescia com os leitores. Soa coerente, portanto, a ideia de que a próxima história, envolvendo mística e moralidade, para conquistar crianças e jovens adultos apresente uma garota um tanto desajeitada, que, acanhada, hesita rumo à vida adulta.

Ainda que alguns se sintam tentados a considerar tais histórias meros romances "água com açúcar" para adolescentes, na essência exploram questões relativas à identidade, sexualidade e espiritualidade. Refletem sobre aspirações morais, preconceito e estereotipagem, desintegração familiar, autocontrole e dignidade humana. Recorrem à Bíblia, e um dos personagens fala do ponto de vista do Criador. Exploram, ainda, mitos antigos e práticas místicas que se têm tornado comuns na cultura ocidental.

Independentemente do mérito literário, as estatísticas relativas à saga *Crepúsculo* são espantosas. A série é constituída de cinco livros, quatro dos quais já publicados. O quinto, um texto incompleto ainda não editado intitulado *Sol da meia-noite*, conta a história da série *Crepúsculo* do ponto de vista de Edward, o protagonista masculino. Esse trecho de mais de 260 páginas complementa as raízes românticas e espirituais da história.

Lançada em 2005, a série se tornou um fenômeno editorial, tendo ultrapassado, em 2009, a marca dos 70 milhões de exemplares vendidos, traduzidos para 38 idiomas. Hoje, é uma forte concorrente da série *Harry Potter* e do controverso *Código Da Vinci* na disputa pela mente e pelo coração dos leitores. Embora o público-alvo original focasse os "jovens leitores", a saga atraiu um público bem mais amplo, incluindo mulheres em busca de um modo diferente de abordagem do tema ficção romântica.

Se você não se animou a escalar a montanha de quase duas mil páginas ou leu a série mas gostaria de recapitular a trama, encontrará a seguir um breve resumo dos livros que a compõem. Se você os conhece bem, fique à vontade para pular as próximas páginas.

CREPÚSCULO

Bella Swan muda-se de Phoenix, Arizona, para a casa do pai, em Forks, uma pequena cidade do estado de Washington. Quer dar liberdade à mãe para viajar com o novo marido, que, como jogador profissional de beisebol, passa várias semanas fora de casa. Bella não demora a se sentir atraída por Edward Cullen, um rapaz misterioso admirado por muitas mulheres e desprezado por muitos homens. Em sua análise, Bella conclui que ele esconde algum segredo. Descobre, mais tarde, que Edward é membro de uma família de vampiros que jurou beber apenas sangue de animais e não atacar seres humanos.

Hesitantes, Bella e Edward caminham timidamente para um relacionamento que ambos desejam, mas não sabem como iniciar. As complicações surgem quando encontram outro grupo de vampiros, cujo "rastreador", James, está determinado a destruir Bella. A família Cullen se apressa em defendê-la até, por fim, acabar com o violento James, não antes de este quase conseguir seu intento. Os ferimentos de Bella são explicados como resultantes de um acidente no hotel onde ela, Alice e Jasper, dois membros da família Cullen, se hospedavam. Dado o notório desajeitamento de Bella, ninguém se surpreende e a história, contada para acobertar a verdade, é aceita.

LUA NOVA

Apesar de seu intenso amor por Bella, ou, quem sabe, justamente por isso, Edward resolve que a família Cullen deve se mudar de Forks. Sua intenção é evitar a ameaça de outros vampiros ou de membros da família que experimentam breves lapsos de autocontrole, colocando em risco a vida de sua amada. Tomada por profunda depressão, Bella só começa a recuperar a estabilidade emocional ao retomar a amizade com Jacob Black, membro de uma tribo indígena da região.

A trama se complica quando Bella decide precipitar-se, de um penhasco, no mar. Embora, para a jovem, se trate apenas de uma aventura um tanto desajuizada, ela implica o risco de afogamento. Seu ato desencadeia a volta da família Cullen, por acreditarem que Bella morrera. Angustiado, Edward vai à Itália a fim de provocar os Volturi, uma espécie de realeza entre os vampiros, visando a própria morte. Para convencê-los a capturá-lo e eliminá-lo, Edward ameaça levar a conhecimento público a presença de vampiros na cidade. O momento fatídico ocorre, contudo, quando Bella entra em cena. Os dois recebem permissão de partir desde que, em futuro próximo, Bella seja transformada em vampira.

ECLIPSE

Torna-se cada vez mais clara para a família Cullen a necessidade de resolver a situação com Victoria, a companheira e amante de James, morto e cremado depois da tentativa de matar Bella e beber-lhe o sangue. Victoria forma um exército de vampiros "recém-criados" a fim de guerrear contra o clã dos Cullen e matar Bella. A tensão romântica cresce à medida que Bella procura entender seus sentimentos em relação a Jacob e Edward.

Lobisomens e vampiros, com motivações comuns, lutam contra Victoria, e conseguem vencê-la. Bella escolhe Edward e concorda em se casar com ele.

AMANHECER

Bella e Edward se casam, mas precisam abreviar a lua de mel devido à evidente gravidez de Bella e ao extraordinário ritmo de crescimento do bebê. Durante o parto, Bella chega quase à morte, mas é salva por Edward, que a transforma em vampira.

Um vampiro de outra tribo confunde a criança, Renesmee, com uma "criança imortal". Os Volturi vão a Forks com a intenção de aplicar a pena de violação da lei dos vampiros. Vários vampiros dirigem-se à cidade para se pronunciar em favor da família Cullen e asseverar que a criança não é uma imortal destruidora, mas que apresenta características humanas. Vários deles ensinam Bella a usar as aptidões psíquicas latentes que ela demonstra ao longo de toda a história. Ao dominar essas aptidões, Bella frustra os planos dos Volturi, que partem depois de declarar que nenhum crime fora cometido.

SOL DA MEIA-NOITE

No tocante à trama, essa narrativa, escrita do ponto de vista de Edward e que descreve seus encontros iniciais com Bella, acrescenta pouco à história. Aprofunda significativamente

18   A SEDUÇÃO DO CREPÚSCULO

o caráter de vários dos personagens centrais. Edward se sente atraído pelo bem e descobre que estar próximo dele o torna mais afável. O conhecimento que Edward tem dos pensamentos de vários personagens, e que já fazia parte dos diálogos dos outros livros, é mais desenvolvido aqui, mas de um modo que nem sempre os retrata favoravelmente.

Talvez muitas pessoas que lerão esses livros sequer venham a lembrar-se da história, encarando-os apenas como os "livros do mês", seja sob a perspectiva literária seja emocional. Outras, no entanto, os considerarão janelas para o mundo. Haverá quem se identifique com as emoções de Bella, a garota desajeitada. A intensidade assustadora das primeiras experiências sexuais e a descoberta gradativa da confiança em nível mais profundo se infiltrará na maneira de pensar de muitos leitores.

Aprender por meio de histórias é um traço antigo de nossa cultura. Dois mil anos atrás, Jesus fascinou multidões com parábolas e provérbios repletos de ricas e vívidas imagens. Ao deparar com as histórias que compõem a saga *Crepúsculo*, devemos, como Jesus, estar conscientes de que alguns ouvirão a história e mal as compreenderão, enquanto outros internalizarão profundamente o que ouvirem.

Pense, por exemplo, na parábola do Filho Pródigo, que Edward menciona, com pesar, quando volta do exílio. (Sua intenção, ao afastar-se de Bella, fora protegê-la dos ataques de outros vampiros.) Jesus envolve a multidão no drama ao relatar as exigências pautadas na ingratidão do filho errante. A extensão de sua queda fica evidente quando o vemos alimentar porcos. A intensidade da misericórdia paterna é plantada como conceito na imaginação do ouvinte quando este visualiza mentalmente o pai apressar-se em oferecê-la ao filho e em mostrar à população local a proteção que ele lhe dispensa, apesar dos abundantes motivos para desprezá-lo. A disposição do pai para perdoar é clara, mas a ideia nasce da história e não de uma referência explícita à palavra "perdão". Constitui, portanto, um exemplo de história contada com grande habilidade.

O bom contador de histórias desperta emoções e estimula empatia com os personagens. Muitos leitores e ouvintes sentem-se pairar nos bastidores do que leem ou ouvem. À medida que a história se desenvolve, montam as cenas no palco da imaginação. Muitas vezes, a forte conexão com as emoções de uma história leva as pessoas a se associarem a uma religião, uma filosofia ou um ponto de vista.

A ficção sem dúvida tem poder. A questão é quanto. Seria exagero afirmar que histórias como a da saga *Crepúsculo* "induzem" pessoas à exploração da sexualidade ou do ocultismo. As histórias não "induzem" ninguém a nada. Apresentam a possibilidade e estimulam a imaginação; nada mais. Em contrapartida, afirmar que se trata apenas de histórias e que as pessoas não internalizam os sistemas de valores que encontram na saga pode ser entendido como uma espécie de miopia cultural. Algumas pessoas assimilam as possibilidades apresentadas pelas histórias e as aplicam a sua realidade. Histórias dão vida a ideias.

Em nossa jornada pelas terras de *Crepúsculo*, nos arredores de Seattle, onde a história se passa, devemos lembrar

A SEDUÇÃO DO CREPÚSCULO

que encontraremos muitos outros exploradores. Alguns se colocarão no lugar de Bella, identificando-se profundamente com sua vulnerabilidade emocional e seus questionamentos a respeito das próprias motivações e do próprio caráter. Outros ficarão fascinados com a mitologia vampiresca e sua rebelião contra as normas tradicionais da sociedade. Esses leitores se deixarão envolver pelos conflitos dos vampiros que, relutantes em aceitar seu destino de matadores, se apegam aos resquícios de humanidade na esperança de obter redenção ou um antídoto para a culpa.

Alguns simplesmente se deixarão seduzir pelas entrelinhas eróticas, presentes nos quatro livros. Muitos não se interessam nem um pouco por descrições explícitas do ato sexual, mas se envolverão de bom grado no universo de descoberta erótica em que embarcam a jovem virgem e o homem de 104 anos (que, pelo visto, não tem namorada desde os 18 anos, se tanto).

Assim como não há um leitor típico de *Crepúsculo*, tampouco existe uma mensagem única. A história apresenta vários estratos, alguns dos quais exploraremos. Entretece ideias sobre consumo de bens materiais, sexualidade, espiritualidade, poder paranormal, autoimagem, amizade, redes de relacionamento social, *glamour* da rebeldia, folclore e até conflitos tribais. Não é de se admirar que seja um texto poderoso.

Mas em que sentido é verdadeiro, se é que se pode assim considerá-lo? Vivo de acordo com a impressionante narrativa transmitida ao longo dos milênios pelos apóstolos e profetas da religião que honram a Deus, seu Filho, Jesus,

USOS DO ENCANTAMENTO   21

e seu emissário a nós, hoje, o Espírito Santo. A saga *Crepúsculo* não se propõe a ser a "verdade", mas muitas pessoas concluirão que ela contém verdades a respeito da vida delas. A fim de identificar o que é verdadeiro e louvável, examinarei as ideias centrais da saga *Crepúsculo* à luz das ideias centrais da fé cristã.

Examinar a cultura popular pela perspectiva do pensamento cristão pode ser, às vezes, um processo penoso, motivo pelo qual muitos cristãos preferem dar as costas à cultura. É difícil firmar-nos em um alicerce de medo. Medo do que a cultura pode fazer conosco. Medo dos que criam essa cultura. Medo da mácula que pode deixar no coração ou na mente. Mas eu não escrevo fundamentado no medo. Não desejo plantar sementes de medo na vida de quem ler este livro.

Desejo escrever respaldado pela sabedoria. Não a minha, mas aquela que encontro nas páginas da Escritura hebraico-cristã. Comento outras cosmovisões de forma crítica com a intenção de ajudar as pessoas a compreenderem, se posicionarem e escolherem melhor. Não quero dizer-lhes em que acreditar no tocante à atual cultura de vampiros! Quero, sim, investigar as ideias da saga *Crepúsculo* e ajudar o leitor a questionar apropriada e incisivamente tais ideias.

Em Apocalipse, Jesus se dirige às sete igrejas da Ásia Menor incitando-as a prestar contas de seu comportamento. Fala muito bem de duas delas e tem algo positivo a dizer a respeito das outras cinco. Mas também declara: "contra você tenho isto". Ao prosseguir na leitura, você descobrirá que concordo com alguns dos fios que formam a trama da saga *Crepúsculo*. Também encontrará muitas perguntas argutas. Apresento-as com o mesmo espírito com que Jesus abordou as igrejas que incorriam em erro.

Você e eu não somos Jesus, e a saga *Crepúsculo* não é a igreja (ainda que os *sites* de fãs registrem centenas de milhares de membros). A saga não atesta o cristianismo ortodoxo tradicional, nem no enredo nem nos diálogos, mas contém, sim, elementos do que é bom e sadio. Em Carlisle Cullen, por exemplo, encontramos um homem de paz. Bella é quase excessivamente humilde e se mostra disposta a sacrificar a vida por outros. Charlie Swan ama a filha. Angela Weber personifica a bondade serena. Esme Cullen possui o amor protetor e instintivo de uma mãe, mas dirigido a filhos não seus. Ao vagar pelas terras de *Crepúsculo*, você encontrará graça, beleza e verdade em meio à complexidade moral e à promiscuidade espiritual.

Quero reconhecer a sabedoria onde a encontrarmos e respeitar a excelente contadora de histórias que nos apresenta essa narrativa. Devemos nos dispor a nos colocar no lugar de outros leitores que se achegam à história com expectativas, contextos e experiências distintas. Entretanto, ao procurar entender por que a história mexe com eles, espero que também estejamos dispostos a questionar, refutar e talvez dizer, quando necessário, "contra você tenho isto".

Mas, antes, precisamos ir à Transilvânia.

2

MEDO DOS MORTOS

Não é fácil encontrar um vampiro convencional. Os vampiros de Forks, Washington, são típicos do gênero e, ao mesmo tempo, completamente atípicos. Mas de onde surgiu a ideia de criaturas mortas, dotadas de imortalidade, que transmitem suas habilidades por meio de uma mordida malévola?[1]

Criaturas que deixam a sepultura para atacar os vivos e satisfazer a necessidade de sangue podem ser identificadas no folclore dos cinco continentes. No mito convencional, a criatura sai do túmulo para atacar pessoas inocentes da região ou para se vingar de inimigos quando de sua existência humana. O assassino sanguinário retorna, então, à sepultura até que surja outra oportunidade de destruir e matar.

Nessas histórias, quando a comunidade local não conseguia encontrar, entre os vivos, um culpado pelo homicídio, voltava a atenção para o cemitério. Em algumas culturas, o suposto vampiro era exumado e decapitado a fim de evitar

A SEDUÇÃO DO CREPÚSCULO

futuros crimes hediondos. Por medida de segurança, uma estaca gigante era fincada no corpo ou suas roupas eram pregadas no caixão a fim de frustrar qualquer tentativa de fuga. Segundo a Bíblia, existe a possibilidade de ver alguém que morreu. O rei Saul foi punido por consultar a médium de En-Dor. Os discípulos viram Jesus conversar com Moisés e Elias no monte da Transfiguração. Jesus voltou dos mortos, foi identificado pelos discípulos e, posteriormente, visto por cerca de quinhentas testemunhas. Pouco depois de sua morte, afirmou-se que os corpos dos santos ressuscitaram dentre os mortos e foram vistos em toda Jerusalém.

Embora a Bíblia dê a entender que outro tipo de criatura semelhante ao ser humano (os nefilins) possa ter habitado a terra em determinado período, ela parece sugerir tratar-se de seres angelicais, cujo envolvimento com mulheres da terra desagradou a Deus.

O mito de seres humanos que se transformam em vampiros e voltam da morte para atacar os vivos parece não ter precedente nas escrituras clássicas da fé judaica, cristã e islâmica. Ainda que tais histórias sejam amplamente difundidas, limitam-se ao folclore e às antigas fábulas.

Não há nenhuma evidência científica ou arqueológica digna de crédito que comprove a existência de vampiros. Exumações que afirmavam ter descoberto corpos inchados de sangue eram, muitas vezes, de cadáveres mal decompostos, enterrados em solo pobre. A presença de sangue em volta da boca provavelmente se devia a doenças pulmonares, incluindo peste.

Toda história que contém elementos sobrenaturais precisa ser aceita sob a ótica da fé. As descrições bíblicas de ressurretos dão a entender que eles voltaram em forma humana reconhecível e interagiram com os vivos, aqui na terra. No contexto de outros relatos bíblicos de milagres, essas ocorrências parecem menos improváveis — considere que a Bíblia também descreve a criação sobrenatural do universo, a ressurreição de Cristo dentre os mortos e uma vasta gama de milagres inexplicáveis envolvendo poder de cura (Jesus), conhecimento do futuro (escolha qualquer um dos profetas), percepção de pensamentos alheios (Jesus) e transportação miraculosa (o discípulo Felipe). Quando se aceita a premissa de que Deus interage com a ordem criada e, ao realizar sua obra, pode deixar de lado a relação convencional de causa e efeito, a aparição de um morto não parece romper as fronteiras do possível. No entanto, os mortos que, na Bíblia, voltam à vida simplesmente transmitem sua sabedoria e partem.

Sem dúvida, aqueles de nossos antepassados que acreditavam que certos homicídios violentos deviam ser atribuídos a mortos-vivos tinham seus motivos. Essa mitologia podia criar uma cortina de fumaça para ocultar a verdadeira intenção e identidade daqueles que tinham algo a ganhar com esses crimes. Inventar histórias do sobrenatural era muitas vezes um meio de obter influência e benefícios financeiros. No entanto, quem busca provas concretas de atividades homicidas de mortos-vivos se entrega a uma tarefa inútil.

Estranhamente, na Grã-Bretanha, o mito dos vampiros tomou um novo rumo depois do surgimento da escola dominical. Apesar de muitos terem sido beneficiados pelos cursos de alfabetização oferecidos nas escolas dominicais, a capacidade·de ler por conta própria permitiu aos os recém-alfabetizados explorar não apenas as narrativas bíblicas, mas também textos menos edificantes. As histórias de seres humanos transformados em vampiros logo se tornaram uma forma comum de literatura e deixaram de ser apenas parte da tradição oral para entrar nas páginas de livretos vendidos, nas ruas, por um centavo.

Antes da Idade Média, a maior parte dos mitos de vampiros girava em torno de criaturas demoníacas e sobrenaturais que atacavam seres humanos para beber sangue. À medida que os mitos se desenvolveram, o vampiro passou a ser a criança não batizada, o filho ilegítimo ou alguém que fora, em vida, extraordinariamente perverso. Alguns acreditavam que o corpo só liberava o espírito para a vida após a morte quando estava inteiramente decomposto, e que os espíritos aprisionados pela terra levantavam-se para vingar-se de sofrimentos experimentados em vida.

Com a queda nos custos de impressão e o crescimento do número de pessoas alfabetizadas, quatro figuras de vampiros se tornaram proeminentes no imaginário popular e fortaleceram a mitologia antiga. Alguns elementos dessas figuras que representavam inúmeros arquétipos vampirescos se infiltraram na narrativa de *Crepúsculo*.

Dr. Polidori, colega do famoso poeta Lorde Byron, foi um dos pioneiros das histórias modernas de vampiros. No livro *The Vampyre* [O vampiro], Polidori usa a estrutura de uma das histórias de fantasma de Byron e a preenche com o folclore de vampiros. O protagonista, um vampiro chamado Lorde Ruthwen, ataca amigos inocentes, atraídos para seu círculo de influência com charme e estilo aristocrático. A imagem do vampiro que se sente à vontade em uma sociedade elegante constituiu uma inovação, divergente do folclore popular. O vampiro socialmente refinado e de boa aparência também faz parte da história de *Crepúsculo*: Edward se maravilha com a própria capacidade de fascinar e assustar os mortais comuns que o rodeiam.

Outra inovação no gênero vampiresco foi a série *Varney the Vampyre* [Varney, o vampiro], de James Malcolm Rymer. Nos 237 capítulos da série, o feio e magricelo Varney está sempre fugindo de turbas iradas desejosas de castigá-lo por seus festins sanguinários. A angústia da família Cullen quanto a seu destino também reflete o tom desesperado e o anseio por amor e amizade que Rymer introduz nas histórias de Varney. Em um episódio, Varney confidencia ao padre: "Pensava ter endurecido o coração contra todo impulso amável [...], mas não o fiz". Quando já não consegue suportar sua situação, Varney se oferece como sacrifício no fogo do monte Vesúvio e dá cabo de seu próprio reino de terror.

Em seu livro *Carmilla*, Sheridan Le Fanu foi mais adiante no desenvolvimento do gênero. Pela primeira vez, deparamos com uma vampira. As insinuações sexuais que Polidori e Rymer ainda procuraram encobrir em seus livros tomam novo rumo na história de uma vampira que ataca outras mulheres, às quais se dirige como quem exerce domínio: "Tu me pertences; tu me pertencerás, tu e eu somos uma para sempre".

A SEDUÇÃO DO CREPÚSCULO

Uma porção considerável da narrativa retrata Carmilla como uma jovem inocente, convidando o leitor a se compadecer de sua aflição. Le Fanu também inicia a desconstrução de parte da estrutura religiosa comum que cercava a mitologia vampiresca. Suas heroínas compram amuletos e cruzes, que não surtem efeito, ao contrário da poderosa influência que exerciam em outras narrativas sobre vampiros. Bella se espanta quando vê uma cruz imensa na casa da família Cullen, mas Edward lhe garante que o poder desse objeto sobre vampiros fora exagerado.

Drácula, de Bram Stoker, talvez tenha produzido o vampiro mais famoso e emblemático. Stoker não hesitou em inserir, na ficção, elementos folclóricos e histórias demoníacas antigas, cercando-os, no entanto, do simbolismo da modernidade. Máquinas que tocam música, personagens que usam estenografia e transfusões de sangue são alguns dos elementos de sua narrativa. Quando expostos à luz, os vampiros de Stoker se transformavam em nuvem de pó, enquanto o de Forks, Washington, apenas faíscam e reluzem ao sol. Uma vez que não precisam dormir, não recorrem a caixões ou sepulturas na terra, outra variação do cânone vampiresco.

A mitologia continuou a crescer. A possibilidade de criar novos vampiros ao morder, mas sem matar a vítima, tornou-se corriqueiro nesse tipo de literatura. Acreditava-se que vampiros eram espíritos reanimados ou demônios enviados pelo Diabo. As variações da mitologia no Leste Europeu, contudo, introduziram a ideia de que a vítima mordida por um vampiro tinha a oportunidade de ingressar no reino dos mortos reanimados.

Outras duas histórias de grande sucesso deram ainda mais projeção aos vampiros. Anne Rice, de New Orleans, é autora de diversos romances aclamados e transformados em filmes, como *Entrevista com o vampiro*, estrelado por Tom Cruise. Rice tornou indistinta a sexualidade dos vampiros. Distanciou-se das imagens da vampira voraz e do vampiro insaciável para assumir figuras mais andrógenas e glamorosas, cativantes pela situação de estrangeiros clandestinos e por seus atrativos físicos.

Em essência, porém, livros e filmes são experiências efêmeras. *Buffy, a caça-vampiros* não foi a primeira série de televisão sobre o tema, mas nenhuma outra durara sete temporadas. Os espectadores podiam voltar ao universo dos vampiros toda semana e quem tinha televisão a cabo ou comprara o *box* completo de DVDs podia assistir ao mesmo episódio várias vezes.

Também nesse caso, encontramos vampiros em conflito. Angel e Spike, desgostosos com seu papel convencional, são vistos pelos espectadores como os "mocinhos" da história por terem "alma" e renunciarem ao prazer de beber sangue.

Grande número de espectadores contribuiu para a linha de pensamento e para as ideias subjacentes ao enredo de *Buffy*. Joss Whedon, um dos principais roteiristas da série, tomou a iniciativa de se envolver com a comunidade de fãs, na internet. Permitiu que discutissem as histórias, expressassem seus sentimentos a respeito dos personagens e criassem os próprios roteiros, baseados nos protagonistas da trama. De certa forma, não importava se o vampirismo

A SEDUÇÃO DO CREPÚSCULO

era real. Tratava-se de uma história que os fãs podiam discutir e da qual podiam se apropriar.

Em seu livro *The Lure of the Vampire* [A fascinação do vampiro], Milly Williamson argumenta que a mitologia vampiresca tornou-se uma das esferas em que as pessoas não dispostas a adotar as proposições da religião convencional podem explorar a moralidade. O advento do vampiro sensível abre oportunidades para discutir o significado de ser bom sem ser perfeito. (Os doze discípulos de Jesus também eram bons sem serem perfeitos, mas muitos nunca se aproximam o suficiente de uma expressão mais reflexiva de cristianismo para explorar o significado disso.)

Nessa arena, surgiu a série *Crepúsculo*. A nova fantasia surgiu no momento em que os ávidos leitores de sagas lamentavam o fim do épico *Harry Potter*. Nenhuma dessas publicações inaugurou as séries de tema épico. C. S. Lewis, que escreveu na década de 1950, entreteceu deliberadamente vários elementos fantasiosos em suas *Crônicas de Nárnia*, mas também inseriu no cerne da história uma figura semelhante a Cristo, o leão Aslan. O leitor, então, ao perceber que a vida de Aslan é uma metáfora para a obra de Cristo, pode, se quiser, reinterpretar toda a história sob essa ótica.

Tolkien adotou a estrutura de mitos escandinavos e entreteceu alguns conceitos católicos em sua narrativa. Ainda que, para muitos, *O Senhor dos Anéis* transmita uma moralidade básica em harmonia com os ideais cristãos, outros veem a obra como o início de uma investida num gênero literário que mistura o sobrenatural e o trivial, o heroico e o violento.

MEDO DOS MORTOS 31

Outros aspiraram ao trono dos mitos significativos. Philip Pullman singrou os mares da imaginação de muitas crianças com sua série *Fronteiras do universo*, que também focaliza temas religiosos. Pullman despreza os arquétipos cristãos de C. S. Lewis e mostra-se decidido a confrontar as narrativas do cristianismo e seu envolvimento com a história nos últimos dois milênios. Suas invectivas grosseiras contra a igreja não são novidade. Pullman não diz nada que os próprios cristãos já não tenham dito.

As tradições cristãs que analisavam criticamente o militarismo, o nacionalismo e qualquer forma de religião nacional não teriam considerado os ataques de Pullman a Papas e a figuras protestantes de destaque, como John Knox e João Calvino, fragmentos alarmantes de um pensamento inovador. Mas a embalagem irresistivelmente atraente em que são apresentados adicionada da ideia de "demônios" pessoais e da amargura velada em relação ao cristianismo resultaram em uma série que tem atraído a admiração de muitos.

Obras de ficção que tratam de ocultismo podem alcançar grande êxito mundial. Uma vez que um número considerável de indivíduos professa alguma forma convencional de cristianismo ao qual mistura astrologia, cartomancia, tábuas ouija e espiritualismo, Feng-Shui e terapia reiki, ioga e quiromancia, a imaginação popular não se opõe a narrativas que tratem de temas sobrenaturais e questões morais.

Se as pessoas articularem amplamente sua crença em Deus sem se envolverem ativamente com a vida de Cristo nem com a sabedoria moral do Antigo e do Novo Testamento não raro adotarão formas de sobrenaturalidade livres de

A SEDUÇÃO DO CREPÚSCULO

todo compromisso e com aparentes benefícios imediatos, como cura ou influência pessoal. Literatura que explora realidades espirituais, cria cenários mitológicos fantásticos, reflete a fragilidade humana e, ao mesmo tempo, repele a perversidade extrema atrai pelo escapismo, mas também pode corresponder à realidade de vida do leitor, elemento importante de atração.

Qual é, então, a contribuição da saga *Crepúsculo* para a mitologia vampiresca?

A série adota alguns aspectos do gênero vampiresco convencional, mas rejeita outros. Em *Buffy*, a história se desenrola no presente. Os vampiros Cullen são extremamente elegantes, mas não se encaixam no estereótipo vampiresco de "trajes pretos e rendas". Com sarcasmo, Edward lembra Bella de que ele não tem as presas de vampiro da mitologia popular. Já Stephenie Meyer situa seus vampiros inequivocamente dentro do cânone desse gênero, ao fazê-los evitar a luz e viver na escuridão ou em um clima onde o sol quase nunca aparece.

Com astúcia, Meyer cria um universo moral para os clãs de vampiros que contribui significativamente para o poder e para a atração de seus romances. No centro desse universo, encontram-se os Volturi, que não relutam em seduzir humanos e beber-lhes o sangue, desde que tudo seja feito com discrição e a vida cotidiana da sociedade permaneça inalterada. Eles não têm pressa em criar novos vampiros. São governados por três anciãos: Aro, Caius e Marcus, que, junto com seus guarda-costas implacáveis, ajudam a manter a ordem entre vampiros do mundo todo. Os Volturi são, às vezes, obrigados a intervir a fim de controlar o comportamento de vampiros rebeldes, responsáveis por formar exércitos de "recém-criados" que matam sem hesitar e atacam tanto humanos quanto outros vampiros.

Esse aspecto da moralidade vampiresca se torna relevante na saga *Crepúsculo* quando uma vampira chamada Victoria cria dezenas de vampiros que aterrorizam a região de Seattle. Victoria os recruta para ajudá-la a vingar-se da morte de seu amante e companheiro James (exterminado pelos Cullens por ter atacado Bella). Esse exército é dizimado pelos Cullens e pelos lobisomens que a eles se unem para derrotá-lo.

O contraponto entre os Volturi e Victoria é o dr. Carlisle Cullen. Carlisle tomou a decisão consciente de evitar tirar a vida de seres humanos e limita-se a consumir o sangue de animais, muitos dos quais são caçados por humanos comuns. Criou alguns vampiros para lhe fazer companhia e transmitiu-lhes seus conceitos de coexistência pacífica. É escrupuloso quanto à iniciação de novos vampiros e escolhe apenas indivíduos para os quais a morte era inevitável. A fim de eliminar antigas inimizades, Carlisle firmou um acordo com uma tribo indígena da região cujos rapazes assumem a forma de lobos. Os vampiros permanecem afastados do território indígena e não criam novos vampiros. Dr. Cullen disciplinou-se de tal modo que é capaz de trabalhar como médico sem sucumbir ao desejo de atacar seus pacientes, especialmente quando precisa tratar de ferimentos.

Nem todos os seus filhos adotivos, no entanto, têm a mesma facilidade. Edward cultivou autocontrole considerável

A SEDUÇÃO DO CREPÚSCULO

ao longo das décadas, mas é dominado pela atração irresistível de Bella (como uma possível refeição), e precisa usar de extrema cautela. Durante a fase adolescente de rebeldia, Edward simplesmente consumia assassinos violentos e, desse modo, aplicava ao seu comportamento a lógica de justiceiro.

Jasper, seu irmão adotivo e companheiro de Alice, a sensitiva da família Cullen, fora integrante de um grupo de vampiros extremamente violento e continua a lutar para controlar o desejo por sangue humano. Seu frenesi precariamente contido quando Bella corta o dedo na festa de aniversário que lhe é oferecida na casa dos Cullens desencadeia a decisão de Edward de afastá-los de Bella, para evitar os riscos associados a sua amizade com vampiros.

Embora os demais vampiros da família não sejam imunes à atração do sangue humano, parecem mais capazes do que Jasper de controlar suas reações. Rosalie Cullen é profundamente infeliz com sua condição, e nenhum deles hesitaria em se tornar humano outra vez, se fosse possível.

Stephenie Meyer não retrata os Cullens como uma família perfeita. No manuscrito não publicado *Sol da meia-noite*, Edward revela as intenções homicidas de Jasper, Rosalie e Emmet, que acreditam que o relacionamento dele com Bella revelará à comunidade de Forks o segredo da família. Afastaram-se de uma vida de terror e carnificina, mas, ao contrário do dr. Cullen e sua esposa, Esme, que aparecem nos cinco livros como indivíduos de fortes convicções pacifistas, são pragmáticos no que diz respeito ao rompimento das regras em situações extremas. Emmet também reconhece um lapso ocasional não premeditado, e Rosalie foi autorizada a voltar e matar os homens que a estupraram e a abandonaram à morte.

Outros vampiros em seu círculo que também se recusam a matar seres humanos não sentem por essa prática a mesma aversão que contribui para motivar a família Cullen. O clã Denali é constituído de três mulheres. Uma delas, Tanya, deixa claro para Edward que gostaria de se relacionar com ele. A essa altura, porém, Edward já começou a se apaixonar por Bella. Em *Sol da meia-noite*, Edward insinua que Tanya e suas amigas gostam tanto de sexo que evitam matar humanos só para ter o máximo de oportunidades de satisfazer outros apetites.

A narrativa nos apresenta, portanto, um grupo de heróis essencialmente bons, mas moralmente complexos e, por vezes, frágeis, que tentam encontrar seu lugar no mundo. Muitos leitores não se sentem atraídos por um herói perfeito. (Leitores cristãos sabem que poucas figuras da Bíblia, exceto Jesus, são heróis perfeitos.)

Stephenie Meyer não pede que acreditemos em vampiros. Convida-nos a visitar um mundo mítico, mas sobrepondo-se fortemente a nossa realidade. Ao explorar a diferença entre vampiros bons, maus e absolutamente perversos, incentiva-nos a aprofundar em temas como amor e vida, morte e conflito, angústia adolescente e identidade, religião e espiritualidade.

Mas chega de vampiros. O que dizer dos humanos no centro da narrativa?

3

É PRECISO SER PERFEITO

Há um provérbio antigo que fala sobre andar uma milha nos sapatos de outra pessoa. O problema de andar nos sapatos de Bella é que, se nossa vida imitasse a dela, tropeçaríamos e cairíamos o tempo todo. Além do amor de Edward e Bella, um tema predominante na saga é o jeito absolutamente desastrado de Bella. Boa parte do tempo, os três personagens masculinos centrais da narrativa, Edward Cullen, Jacob Black e Charlie Swan (pai de Bella), agem em função desse fato ou se preocupam com o que Bella fará em seguida.

BELLA, A DESASTRADA

A falta de jeito de Bella é fundamental para sua identidade e autovalorização, e imprescindível para compreendermos suas atitudes ao longo de toda a história. Ela acredita que atrai acidentes, como um ímã. Quais são as indicações disso?

Bella não tem boa coordenação olho-mão e, em quase todas as aulas de educação física, acerta colegas com bolas de vôlei, raquetes de *badminton* e afins.[1]

Recusa-se obstinadamente a crer que poderia desenvolver qualquer aptidão para dançar. Por isso, evita a todo custo uma festa da escola e só se diverte no baile de formatura quando Edward a socorre e alivia da responsabilidade de ter os pés no chão.[2]

Ela própria afirma que cai com frequência e quase morre de vergonha quando, depois de um dos primeiros encontros com Edward, tropeça e deixa cair seus livros. Derruba uma chave numa poça de água, deixa cair uma câmera fotográfica e bate a motocicleta que Jacob consertou para ela, duas vezes. Quebra um prato na cozinha da família e desencadeia a partida de Edward quando se corta em um pedaço de papel, o que causa um frenesi sanguinário entre os vampiros (especialmente Jasper). No dia do casamento, agarra-se ao pai e implora: "Não me deixe cair, pai".[3]

Sua baixa autoestima entra em cena repetidamente. Bella afirma que sua escrita parece mais um "garrancho malfeito".[4] O tempo que ela passa com vampiros e lobisomens só intensifica sua consciência de que é desastrada. Numa festa com Jacob e outros membros da reserva indígena, pensa consigo mesma: "Ficar com pessoas extremamente hábeis o tempo todo estava me deixando com complexo".[5]

Quando assume a nova identidade de vampira, os problemas com seu jeito desastrado desaparecem. Desenvolve o senso de equilíbrio e, provavelmente pela primeira vez na vida, ouve outros a descreverem como uma pessoa

A SEDUÇÃO DO CREPÚSCULO

graciosa.[6] Depois de dezoito anos de suposta mediocridade, passa a se ver como uma mulher bonita e competente.

O QUE A FALTA DE JEITO SIGNIFICA PARA BELLA?

Bella tem plena consciência de sua propensão a corar e reluta em tocar em objetos por medo de quebrá-los. Em várias ocasiões, refere-se a si mesma de forma depreciativa e descreve-se como "desajeitada com tendência a sofrer acidentes".[7]

A falta de jeito produz, em sua mente insegura, uma forma de autoaversão. Acredita que sua falta de graciosidade significa que ela não é interessante. Não se considera boa o suficiente para Edward, em parte porque o belo porte físico e a elegância dele só servem para destacar ainda mais o desajeitamento dela.

A profundidade de sua atitude negativa se evidencia quando ela comenta com Edward que, de tão desastrada, é "praticamente incapaz".[8] Certa de que sua mente não funciona como deveria e de que há algo de errado com seu cérebro, Bela considera-se uma aberração.[9]

É essa falta de autoconfiança que a manteve à margem do convívio social. Relutante em dançar, preocupada que seu jeito desastrado a fará passar vergonha em um encontro, certa de que não é atraente e presa em um círculo vicioso de comparações com outros, Bella usa sua energia para estudar, cuidar da mãe e, posteriormente, do pai.

QUAL É A IMPORTÂNCIA DESSA PARTE DA NARRATIVA?

Trata-se de um aspecto de grande importância na história como um todo e que nos ajuda a entender a atração exercida pela série sobre parte considerável do público leitor feminino. O desajeitamento da adolescência é um fenômeno bem conhecido entre os profissionais da saúde física e emocional que tratam dessa faixa etária. Sutton Hamilton comenta:

> Muitas crianças em idade escolar têm dificuldade com aptidões motoras que seus colegas dominam há tempo. Essas crianças, descritas com frequência como "desastradas", podem apresentar problemas para escrever e realizar tarefas, como vestir-se e comer sem ajuda de outros. É comum o desajeitamento não ser diagnosticado, pois tanto os pais quanto o médico da criança não consideram as dificuldades de coordenação um assunto médico relevante. Pesquisas realizadas nos últimos vinte anos mostram que na adolescência e vida adulta esses problemas de coordenação costumam persistir, em vez de se resolver.
>
> Em 1975, dr. S. S. Gubbay criou a expressão "síndrome da criança desajeitada" para descrever crianças com inteligência normal e sem problemas médicos ou neurológicos identificáveis portadoras de dificuldades de coordenação que interferiam com seu desempenho acadêmico e/ou sociabilização. A expressão "síndrome da criança desajeitada" é chamada hoje de "Transtorno do Desenvolvimento da Coordenação" (TDC), mas os critérios de diagnóstico permanecem basicamente inalterados.
>
> Cerca de seis por cento de crianças em idade escolar sofrem de descoordenação intensa, sendo os meninos mais afetados que meninas. O diagnóstico é realizado, em geral,

A SEDUÇÃO DO CREPÚSCULO

entre os seis e doze anos, raramente antes dos cinco anos. A causa exata da descoordenação ainda é desconhecida.[10]

O corpo em crescimento precisa aprender movimentos e aptidões novos. A literatura ligada às pesquisas acadêmicas sobre a descoordenação na adolescência sugere que é comum o problema ser associado a depressão e autoimagem negativa. A falta de aptidão física pode ter forte impacto durante essa fase da vida em que a pessoa já se sente tão acanhada.

O QUE ISSO SIGNIFICA PARA O LEITOR?

Apesar de ser uma generalização bastante ampla, até mesmo um passeio rápido pela internet, na companhia do Google, em busca de comentários sobre a série *Crepúsculo* mostra adolescentes cínicos queixando-se do fato de Stephenie Meyer ter reduzido o vampirismo a um vício mau e superável, desde que se tenha força de vontade suficiente. Esses mesmos leitores repudiam aquilo que julgam ser uma diluição do gênero e desprezam os livros como parte dos hábitos literários de um grupo social pelo qual têm pouca estima. Rejeitam a ficção romântica de Meyer por pressuporem que muitos dos leitores fazem parte da cultura jovem "emo".

Um tanto diferentes dos "góticos", seus primos culturais sorumbáticos, os emos são conhecidos pela introspecção das músicas com as quais simpatizam. Não é absurdo pensar que Bella atrairia um grupo social caracterizado pela inteligência e introspecção. Garotas da tribo emo não se consideram as meninas mais atraentes da escola e, como

Bella, muitas sofrem por serem desajeitadas e não gostarem de esportes.

É fácil, portanto, as leitoras se identificarem com a vulnerabilidade de Bella e criarem uma ligação emocional com a história. Afinal, a protagonista não é uma heroína perfeita em todos os sentidos, e suas experiências diárias se assemelham à realidade de muitas das leitoras.

As pessoas ultrapassam essa fase da vida de várias maneiras. Podem adquirir novos hábitos de movimento e coordenação e superar o problema à medida que crescem. Podem passar tempo com pais, amigos ou professores dedicando-se a uma determinada aptidão, de modo a desaprender velhos hábitos e continuar a se desenvolver.

Nenhuma delas, porém, terá a opção oferecida a Bella. Não poderá procurar a enfermeira da escola e pedir um pouco daquele "veneno de vampiro" maravilhoso que cria, como que por milagre, beleza e graça física em todos os que o experimentam.

O desajeitamento de Bella é bastante real. A solução encontrada em *Crepúsculo* (primeiro, torne-se uma vampira) é profundamente insatisfatória e causa tensão para o leitor que se identifica com os traumas emocionais da protagonista, nessa área.

A AUTOIMAGEM DE BELLA E SEU CONCEITO DE BELEZA

No que se refere a roupas, Bella mostra certo desprendimento e prefere vestir *jeans* e camiseta. Também é ambivalente quanto aos sinais de riqueza que encontra na mansão da família Cullen. Não se pode dizer que é uma consumidora unidimensional do sonho americano. Seu ponto fraco, porém, é o modo como, ao descrever outros, refere-se repetidamente à beleza.

Para muitos, fica implícito que a beleza é a chave para se relacionar com um membro atraente do sexo oposto. Ainda que seja um mito, tem ampla aceitação, especialmente entre adolescentes.

Conforme veremos no capítulo 5, "O sexo e a cidade interiorana", a percepção de Bella da beleza de Edward está intimamente ligada ao desejo que sente por ele. Aqui, neste capítulo, focalizaremos o conceito de beleza baseado na aparência, tema constante na forma de pensar de Bella.

O padrão começa a se formar da primeira vez em que Bella vê os Cullens e os descreve como indivíduos de beleza sobre-humana. É cativada pelos rostos "retos, perfeitos, angulosos", que lhe parecem quase angelicais.[11] Considera o rosto de Edward irresistível e luta contra a tentação de encará-lo demoradamente.

Sem dúvida, adota a linha que defende o porte físico musculoso, com abdome estilo "tanquinho" para os homens e sente-se atraída pelo tórax musculoso de Edward. A perfeição dele é tal que, para ela, "não havia nada nele que pudesse ser melhorado".[12]

Bella não se considera parte da mesma esfera de Edward e os outros Cullens. Em mais de uma ocasião, pondera que ele parece modelo, enquanto ela é desprovida dos atributos necessários para essa profissão. A beleza dele a entristece, e ela pensa consigo que uma criatura tão linda não poderia estar destinada a ela.[13]

É PRECISO SER PERFEITO   43

Embora se sinta atraída por Edward, também usa a beleza de outros como ponto de comparação. Carlisle Cullen apresenta uma perfeição ultrajante. Rosalie é estonteante, e Bella tem pena de todas as outras meninas da sala quando defrontadas com a beleza gloriosa de Rosalie, e seu rosto extraordinário.[14]

Bella julga-se incapaz de competir com a beleza de Rosalie, que, de tão marcante, a faz sentir-se constrangida.[15] (Jacob não se mostra nada convencido disso e repete a ressalva cultural comum quanto à comercialização de uma beleza socialmente condicionada ao chamar Rosalie de "Barbie de gelo".)[16]

Quando a beleza imortal dos Cullens se torna realidade para a própria Bella, ela mal reconhece a pessoa transformada que vê no espelho e, como prova de que ainda é ela mesma, apesar da mudança, observa uma suposta imperfeição, conhecida, em seus lábios. Tornou-se "indiscutivelmente bonita, tão bonita quanto Alice ou Esme". Apesar de sua falta de jeito anterior, "ela era fluida até mesmo imóvel".[17] Brinca com Edward sobre sua nova condição e o fato de ele continuar a ser incapaz de ler-lhe a mente e diz, tanto para si mesma quanto para ele: "Pelo menos eu sou bonita".[18] O patinho feio se transformou, de fato, em cisne.[19] Ademais, a mortal se tornou imortal, um recurso narrativo antigo, mas poderoso.

O VENENO

A saga *Crepúsculo* nos faz refletir sobre Deus, bem e mal, resolução de conflitos, preconceito e divisão, o desajeitamento

A SEDUÇÃO DO CREPÚSCULO

adolescente e a natureza do amor romântico. Boa parte do texto é positiva e atraente.

Na realidade, porém, a série pode ter um efeito muito mais nocivo devido à relativa inocência e vulnerabilidade de seus personagens. Durante a leitura da saga, sentimos aversão às fantasias sexuais fúteis de Mike Newton, à obsessão por controle de Rosalie e à perversidade consumada dos homicidas James e Victoria.

Quando, portanto, os personagens inocentes com os quais formamos vínculos emocionais aderem a um conjunto específico de valores, é menos provável que reajamos a eles. O veneno no cerne desses livros é a legitimação do "mito da beleza", resultante das frequentes referências da protagonista à beleza ao longo de toda a série. Seus comentários não apresentam um distanciamento crítico. Bella não oferece uma visão analítica dessa mentalidade, pois para ela é natural considerar a beleza um alvo a ser almejado.

Vender o "mito da beleza" para um público que já é bombardeado por suas exigências é, francamente, um elemento pernicioso. A psicóloga social Karen Dill, autora de *How Fantasy Becomes Reality* [Como a fantasia se torna realidade], um texto acadêmico citado com frequência em relação a videojogos e violência, faz a seguinte observação:[20]

- Participantes de concursos de beleza pesam 25 por cento menos que as mulheres em geral. Levam-nos a aspirar a algo irreal.
- Um estudo realizado por Kristen Harrison sobre como a televisão retrata as mulheres observou que as me-

didas ideais para mulheres na TV são 100 (busto), 60 (cintura) e 90 (quadril), uma combinação extremamente rara na vida real.

- Estudos revelam um índice patológico de insatisfação entre mulheres no que diz respeito ao corpo: até 95 por cento. A maioria das mulheres ocidentais se sente pouco à vontade, aflita ou absolutamente deprimida a respeito de sua aparência.

- O condicionamento começa cedo. A princesa Jasmine, heroína do desenho animado *Aladin*, da Disney, teria uma aparência assustadora se fosse real. Os olhos dela são maiores do que a cintura. (Sua apresentação geral é mais parecida com a visão de feminilidade da revista *Playboy*, aceita por aqueles que a desenharam, do que com a realidade da psique adolescente.)

- Para muitas mulheres, o exagero apresentado nas telas resulta no sentimento de inadequação na vida real e na obsessão de tentar vencer em um jogo impossível.

- Naomi Wolf, autora de *The Beauty Myth* [O mito da beleza],[21] observa que as indústrias de produtos dietéticos, cosméticos e cirurgia estética geram mais de 55 bilhões de dólares por ano e estão entre as que mais crescem na economia ocidental.

A pesquisa de Dill indica que a maioria das estudantes gostaria de não ter de arrumar o cabelo nem usar maquiagem todos os dias e ignoraria de bom grado as exigências da sociedade, se não tivesse de arcar com as consequências.

A SEDUÇÃO DO CREPÚSCULO

Na opinião de Dill, os efeitos desse condicionamento são profundos e desafiam a lógica. Os sentimentos de insegurança gerados pelas imagens da mídia são, em sua maioria, inconscientes.

Se perguntássemos quais são alguns princípios fundamentais da série *Crepúsculo* e qual é sua mensagem espiritual, receberíamos respostas bastante vagas. Encontramos famílias amorosas, pessoas compassivas e (dentro de certos limites) clareza moral. Mas também encontramos pleno apoio aos valores fundamentais do humanismo ocidental, no qual os mais aptos prosperam e têm liberdade de consumir bens materiais e os corpos lindos uns dos outros.

AMIZADES DEFINIDAS EM TERMOS DE BELEZA

Algumas das séries mais conhecidas, como *Guerra nas estrelas* e *Jornada nas estrelas*, investem um bocado de energia na coerência da narrativa. Não é incomum, porém, um grande lançamento de cinema baseado num livro de sucesso divergir do enredo original a fim de criar um significado novo para uma cena ou personagem. A filmagem do primeiro livro, *Crepúsculo*, gerou, de imediato, alguns problemas.

No livro, Bella e Edward fazem questão de se distanciar de quem eles consideram fúteis. Lauren é rotulada de bonita, maliciosa e volúvel. Jessica é totalmente pragmática e transfere seu afeto de Edward para Mike Newton, e de volta para Edward, ao longo de *Crepúsculo* e *Sol da meia-noite*. Bella é mais tolerante em relação às fraquezas dos outros, enquanto Edward se exaspera, em silêncio, com a maioria de seus colegas de escola, até que, em suas perambulações pelos pensamentos de outros, depara com a bondade constante de Angela Weber. Bella também considera Angela uma amiga fiel, que não sente necessidade de tagarelar o tempo todo e sempre faz os outros se sentirem acolhidos.

Até aí, tudo bem. A consciência saudável de atitudes fúteis e a disposição de perseverar nas amizades parece ser uma boa combinação. Um aspecto menos agradável é o desprezo de Edward e Bella por Eric. Ele é um dos colegas que recebe a recém-chegada Bella de forma amistosa, mas ela se mantém distante dele e o considera o tipo superprestativo, que faz parte do Clube de Xadrez e é desleixado com a higiene pessoal.[22] A atitude de Edward não é muito melhor, que o arquiva em seu índice mental como alguém com cabelo feio e acne. Apesar de Bella ser uma estranha, a aluna nova na escola, e de os Cullens sempre terem se considerado "de fora",[23] eles compartilham a mesma postura julgadora de seus colegas em relação a alguém que todos os outros marginalizam.

Esse menosprezo se repete quando Rosalie considera Bella pouco atraente e Edward observa que, a seu ver, Tyler é tediosamente medíocre.[24]

Os produtores dos filmes devem ter sentido dificuldade em relação a essa parte da história. A intenção não era fazer um filme que se envolvesse no conflito entre a cultura *nerd* e a cultura dos "sarados" e das princesas do baile de formatura, como fizeram *Clube dos cinco*, *Ela é demais* ou *Meninas malvadas*. Os filmes hollywoodianos convencionais para adolescentes querem sempre pessoas bonitas no centro das cenas. A beleza etérea da família Cullen ocupa o cerne

A SEDUÇÃO DO CREPÚSCULO

tanto dos livros quanto dos filmes, especialmente a iconografia visual em torno da representação de Edward por Robert Pattinson. Não daria muito certo se as primeiras cenas mostrassem um "*nerd* espinhento" como Eric. Por isso, ele foi transformado no jornalista universitário com belos cabelos negros, bom gosto para se vestir e sensibilidade metrossexual provocante.

No balanço final, nem os produtores nem Stephenie Meyer ganham com isso. O filme se esquiva da polêmica e muda o roteiro de modo a incluir um personagem mais bonito. Entrementes, nos livros, resta a Stephenie Meyer uma nódoa no cenário geral de bondade, tolerância e amabilidade de Bella e Edward. Em público, Bella é educada com Eric e chega até a juntá-lo com Angela para um baile que ela própria deseja evitar a qualquer custo. Como Edward observa, Bella é abnegada e atenta às necessidades de outros. Mas também é motivada pelo desejo de resolver seu problema. Encontra uma justificativa, a viagem a Seattle, e uma solução.

No livro, porém, o apoio ao mito da beleza, do qual tratamos acima, mostra seu lado feio no retrato banal de Eric quando se refere à acne, ao cabelo e aos *hobbies*. A mensagem é simples: não basta ser bom, também é preciso ser bonito. Só é problemático ser bonito quando se é superficial ou sem caráter.

Contraste essa ideia com a postura radical de Jesus, que viu, amou e procurou os marginalizados e os pouco atraentes. Tocou um leproso quando o curou, gesto que ofendeu os mais religiosos, para os quais o leproso era um indivíduo ritualmente impuro. Jesus poderia ter curado o leproso a distância, mas estendeu-lhe a mão em sinal de aceitação. Podemos citar muitos outros exemplos dessa compaixão e inclusão explícita. Entrou na casa de Zaqueu, um coletor de impostos baixinho e, com isso, provocou a hostilidade da multidão que, de outro modo, poderia tê-lo recebido bem em Jericó.

A vida de Jesus repercute além dos Evangelhos. Depois de sua morte e ressurreição, os líderes da jovem igreja em Jerusalém (predominantemente judaica) nomearam diáconos para garantir que as viúvas de origem grega não fossem esquecidas na distribuição dos alimentos. O autor bíblico Tiago condena seus leitores por reservarem lugares privilegiados na igreja para os ricos e poderosos. Paulo repreende os coríntios por marginalizarem os menos favorecidos durante a Ceia do Senhor. Muitos comentaristas acreditam que os coríntios haviam assimilado costumes da cultura corrente e voltado aos hábitos greco-romanos de assentar os ricos e favorecidos à mesa, na sala de jantar, enquanto os outros eram empurrados para as beiradas, corredores e jardins.

Jesus insultou tanto inimigos quanto seguidores ao mencionar a fé espiritual de estrangeiros, como o centurião romano devoto, o bom samaritano e Naamã, um leproso que, vários séculos antes, fora curado ao banhar-se no rio Jordão. Para muitos dos ouvintes, essas palavras afrontaram o orgulho religioso nacional e, por isso, resultaram num atentado à vida de Jesus em Nazaré.

Se vamos elogiar a saga *Crepúsculo*, como devemos, por crer que é preciso resistir ao mal e recompensar a bondade, também temos de fazer algumas perguntas difíceis sobre como a série entende a beleza, admira profusamente a perfeição e trata da natureza da exclusão social. Ultimamente, a indústria da moda tem sido alvo de censura por preferir modelos absurdamente esguias, prática que, segundo os críticos, promove a anorexia e a baixa autoestima entre as meninas que acompanham a carreira das modelos e desejam assemelhar-se a elas. Infelizmente, Stephenie Meyer adora os mesmos ídolos.

Precisamos levantar alguns questionamentos, pois cremos que, apesar de as obras de ficção ou filmes de sucesso não terem o poder de "obrigar" ninguém a fazer algo, aquilo que consumimos exerce certo impacto sobre nossa saúde emocional e visão de mundo pessoal, se não analisarmos rigorosamente seus pressupostos. Que mensagens sobre beleza, autoimagem e contentamento pessoal a saga *Crepúsculo* transmite ao seu mercado principal, constituído de meninas adolescentes emocionalmente vulneráveis, muitas vezes inseguras e que talvez não sejam belas pelos padrões convencionais?

A série lhes oferece um sonho impossível, uma vida inalcançável? A leitura desses livros proporcionará um escape temporário da realidade decepcionante ou, a longo prazo, intensificará o desespero de algumas ao lhes dizer, repetidamente, que devem aspirar à beleza física caso esperem obter as coisas boas da vida?

Essas considerações nos levam ao papel de Alice, a rainha do consumismo.

4

ALICE NO PAÍS DO CONSUMISMO

Se há uma constante positiva na vida de Bella é sua amizade com Alice Cullen.

Desde o começo da história, Alice insiste em ser amiga de Bella e ralha com Edward, lembrando-o que, graças a aptidão dela de presciência, viu uma amizade entre as duas em um possível futuro. Enquanto os outros membros mais jovens da família Cullen se opõem ao relacionamento, Alice antevê o que ela e a nova amiga farão juntas.

Para Bella é uma amizade bem-vinda. Enquanto luta com seu jeito desastrado e, ao que parece, com a inconsciência da própria beleza, Bella venera o rosto delicado como de fada e os modos graciosos de Alice. Para alguém como Bella, incapaz de lidar com o medo de errar, é impossível não notar como Alice caminha com leveza e movimentos semelhantes aos de uma dança, com "passos longos, rápidos e graciosos apropriados para uma passarela".[1] Admira, também, a voz de Alice e observa que, quando ela ri, "o som [é] todo prata, um sino de vento".[2]

A amizade cresce e é fortalecida pela presença de Alice ao lado de Bella em momentos críticos. Charlie Swan, pai de Bella, fica encantado com a linda vampira e dá mais liberdade à filha quando ela está na companhia da nova amiga. Alice e Jasper vão a Phoenix com Bella quando ela foge do vampiro rastreador, James. Enquanto Bella se recupera do temerário salto do penhasco, Alice reaparece para reatar os laços entre a jovem protagonista e a família Cullen. Quando a narrativa épica de Bella e dos vampiros atinge o ápice no confronto potencialmente destrutivo com os Volturi, Alice aparece, recém-chegada de uma expedição pelo mundo em busca de outra criança metade humana e metade vampira, semelhante a Renesmee.

Como os Cullens, Bella oferece pouca resistência à extravagância opulenta e exagerada de Alice. Apesar de não sentir necessidade de imitar o estilo de vida de Alice, Bella se coloca como diferente, em vez de crítica.

Pode parecer que a discussão central de qualquer análise de *Crepúsculo* deva girar em torno do romance épico entre Edward e Bella ou do conflito angustiante dos vampiros de Forks com sua natureza e consciência. No entanto, se encobríssemos o caráter de Alice e sua atitude em relação a dinheiro e bens materiais, desconsideraríamos um indício cultural importante.

Os primeiros comentários que aparecem no livro sobre o uso de recursos podem levá-lo a crer que o tom geral será o interesse pela vida simples e a gestão responsável do meio ambiente. Edward zomba da caminhonete "beberrona" de Bella e informa que "o desperdício de recursos não renováveis é da conta de todos".[3] Quando Bella exige explicações sobre a dieta de leões da montanha de Edward, ele responde: "Precisamos ter o cuidado de não causar impacto ambiental com uma caçada imprudente. Tentamos nos concentrar em áreas com uma superpopulação de predadores".[4] Depois desse começo promissor, porém, o tom muda. Vejamos como a família consome outros bens materiais.

ROUPAS: DELÍRIOS DE CONSUMO DE UMA VAMPIRA

A amizade entre Bella e Alice não precisa ser alimentada por uma contínua harmonia. Na verdade, nota-se um leve atrito entre as duas personalidades ao longo de toda a saga. Bella sabe que sua "indiferença pela moda [é] um tormento constante" para Alice.[5] Sujeita-se calmamente ao plano da amiga de arrumá-la para o casamento e abastecer o guarda-roupa de sua casa nova.

Bella, no entanto, nem sempre permanece passiva. Tem plena consciência de seu "visual sem graça" de *jeans* e camiseta, mas reluta em abandoná-lo.[6] O olfato apurado de Edward a ajuda a localizar calças e camisetas conhecidas no meio da montanha de roupas novas no chalé do casal, e Bella sente-se aliviada com poder caminhar até a mansão dos Cullens vestindo algo familiar e confortável.

Entretanto, as roupas funcionam como um fio condutor por toda a trama de *Crepúsculo*. No para-choque do carro em que Edward e Bella deixam a festa de casamento, foi amarrada uma dúzia de sapatos de grife. Quando chegam ao

54 A SEDUÇÃO DO CREPÚSCULO

local da lua de mel, Bella encontra uma mala cheia de roupas novas e *lingerie* francesa, caríssima. Ao despertar como vampira recém-transformada, Bella descobre que está usando roupas de seda e conclui que Alice deve tê-la vestido.

Esme Cullen diz a Jacob e sua família que tem roupas de sobra e costuma doar trajes novos em folha para instituições assistenciais, pois "Alice raramente nos deixa vestir a mesma coisa duas vezes".[7]

CARROS

Alice adora Porsches. Depois de roubar um na corrida para salvar Edward da tentativa de provocar os Volturi para que o matassem, ela aceita como presente dele um modelo amarelo, chamativo. Rosalie ostenta sua riqueza em um conversível vermelho e, na garagem dos Cullens, também é possível encontrar uma BMW M3 (para os leitores que não são aficionados por carros: um sedã esportivo de luxo).

Edward dá à noiva uma Mercedes Guardian. Para Bella, não passa de um carro potente, mas, quando o estaciona, observa algumas pessoas admirando-o. Alguém lhe informa que o automóvel ainda não está disponível nem mesmo na Europa e, portanto, deve ser uma versão pré-lançamento. Alguns comentários mais e fica sabendo que o carro tem vidros à prova de mísseis e duas toneladas de blindagem.[8] É um automóvel emprestado, mas só o fato de Edward poder usá-lo mostra seu poder e influência.

Em *Sol da meia-noite*, Edward conjectura que a impetuosa Rosalie talvez destrua um carro da família, mas não se permite ficar preocupado demais e lembra que "é só um brinquedo".[9]

OS ACESSÓRIOS DA VIDA

O lema parecer ser: *Se você pode ter, então você deve ter*. Alice enfeita com luzes cinco quilômetros de árvores. Providencia dez mil flores para a festa de casamento. Nas paredes do chalé que ela e o resto da família prepararam para Edward e Bella, Alice pendura pinturas de valor inestimável. Quando Bella se hospeda com os Cullens, é acomodada em uma cama luxuosa, feita de ferro trabalhado e decorada com rosas de metal. Os vampiros do século XIX eram homens predadores ou mulheres sexualmente vorazes. Os vampiros contemporâneos retratados em *Crônicas vampirescas*, de Anne Rice, ou os rebeldes esfarrapados que se reúnem em torno de Buffy, em *Buffy, a caça-vampiros*, são forasteiros elegantes, desconfiados do sistema e cínicos quanto à realidade do mundo não vampiresco. O conhecido filme de vampiros *Garotos perdidos* retrata um etos *punk* e um niilismo de oposição à instituição.

Não encontramos nada disso em *Crepúsculo*. O consumo explícito e incansável que caracteriza Alice ao longo de todo o épico é observado e celebrado pela narrativa. Nenhum personagem se levanta para questionar o estilo de vida ostentoso que ela apresenta. Os filhos da família Cullen apenas minimizam seu *status* no contexto da escola para evitar chamar atenção demais.

Uma vez que Alice não é identificada claramente como uma personagem negativa, suas escolhas não levantam questionamentos críticos na mente do leitor. Os demais personagens não têm nenhum problema em se adaptar às escolhas dela, mesmo quando não se sentem na obrigação de participar de todas.

Crepúsculo é um romance vampiresco para a leitora de *Elle*, *Vogue* e *Cosmopolitan*, e Alice é a rainha do divertimento e dos provadores de butiques. Ela veste os Cullens, embeleza os jardins da mansão da família e banca tudo isso com os dividendos de investimentos no mercado de ações, sempre bem-sucedidos graças ao seu poder paranormal.

Enquanto Carlisle Cullen se dedica abnegadamente à profissão médica, Alice é a verdadeira máquina de fazer dinheiro. Não trabalha para obtê-lo. Não começou um empreendimento que poderia beneficiar outros nem enriqueceu a economia local com uma nova indústria. Seu dinheiro é resultado de trapaça e surge com um passe de mágica.

Uma vez que ela é uma pessoa adorável, porém, nada disso importa, não é? Afinal, divide com outros e é generosa.

Talvez algum leitor considere excesso de zelo investigar esse detalhe secundário da trama. Quem liga para a procedência do dinheiro? Os pressupostos por trás desse detalhe, no entanto, nos ajudam a entender a intenção da autora e como o leitor recebe as ideias do livro. Que valores *Crepúsculo* pode reforçar ou solapar? E como eles nos afetam?

Em outros tempos, sociedades ao redor do mundo talvez se considerassem contribuintes para uma causa comum ao buscarem uma vida melhor para todos. O modo como votavam, os diálogos que travavam e os bens que consumiam deviam servir à comunidade. Com o desenvolvimento da sociedade de consumo, deixamos a solidariedade de lado em favor da busca por paz e prosperidade pessoais. Riqueza, fama e uma visão orquestrada pela mídia do que é beleza aceitável parecem ser as notas predominantes na sinfonia de consumo que nos submerge, enquanto consumimos ficção para o mercado de massa, biografias de celebridades, produtos saturados de publicidade, roupas de grife e a busca obstinada por uma vida multiorgástica.

O problema não está na moda, nos penteados, na admiração de certos tipos de beleza física, na aquisição de produtos de boa qualidade nem no desejo de prazer sexual. Nenhuma dessas escolhas ou preferências é, necessariamente, errada. O problema surge quando a percepção de valor e bem-estar de um indivíduo é vinculada a sua capacidade de possuir aquilo que o projetará como alguém que "pertence" à sociedade e, portanto, é digno de admiração. Em vez de apresentar uma crítica a essa mentalidade, a série *Crepúsculo* a celebra.

Bella é a única exceção, e reluta em ser envolvida no luxo. Sua resistência, no entanto, não é de cunho ideológico. Antes, parece estar ligada ao desejo de não atrair atenção para si, em parte devido à falta de jeito e à personalidade introvertida.

Não podemos deixar de nos perguntar por que os Cullens são retratados dessa forma. Imaginemos, por um momento, que Stephenie Meyer esteja passando por uma pequena crise nos exercícios de desenvolvimento dos personagens para o primeiro livro da saga. Um amigo no meio editorial concorda em analisar os primeiros passos da obra que caracterizam os Cullens como uma família de forte consciência ecológica, que vive num celeiro restaurado e isento de emissão de carbono, e confecciona as próprias roupas

58 A SEDUÇÃO DO CREPÚSCULO

deslumbrantes usando técnicas outrora comuns na sociedade. Imagine a carta que esse amigo editor envia a Meyer:

Querida Steph,

Obrigada por enviar o capítulo de amostra e a descrição detalhada da trama e do desenvolvimento dos personagens da série. Adorei as entrelinhas eróticas e a tensão melodramática de amor em meio a conflito.

Fiquei um pouco preocupado, contudo, com o celeiro ecologicamente correto e todas as partes da trama associadas à lã orgânica e aos carros elétricos. Quem sabe ajudará a vender alguns exemplares em Vermont e em partes do sul da Califórnia,[10] mas não me atraiu nem um pouco. Abaixo, uma lista de leituras e dicas culturais que a ajudarão a captar as tendências da nossa geração. Se você usá-la como um mapa no processo de caracterização, prevejo grande sucesso.

Assista a MTV Cribs.[11]
Assista a America's Next Top Model.[12]
Pesquise sobre P Diddy[13] no Google e compre um CD dele.
Veja a coleção de filmes de Jenniffer Lopez.[14]
Adquira a biografia de Paris Hilton.[15]
Compre o box da série de televisão The Hills etc.[16]
Assista à série Gossip Girls.[17]
Você já viu o programa Extreme Makeover?[18]
Entre no *site* de Trinny e Susannah.[19]

Se você der à história um ar mais de *Charmed*[20] do que de *Buffy, a caça-vampiros*, o resultado pode ser interessante.

Mantenha Edward e Bella bonitos e agradáveis, mas acrescente à mistura um pouco de angústia, no estilo Romeu e Julieta e Morro dos ventos uivantes.

Beijos,
Xavier

Sei que é uma situação pouco provável. Mas quem imaginaria ser possível vender mais de 70 milhões de livros sobre uma família de vampiros mais parecidos com garotos-propaganda voltados ao capitalismo de consumo a uma geração que, teoricamente, deveria estar se rebelando contra a mentalidade consumista dos pais e da sociedade como um todo?

Questionar os valores consumistas que Alice parece simbolizar não significa rejeitar o conceito de criatividade, beleza e conforto. Cremos que todas essas coisas são boas em si mesmas, mas podemos explorá-las de maneiras simples, sem enfatizar nossas diferenças, riquezas ou posse de símbolos de *status*.

A esta altura, é possível que os leitores de tendência mais sarcástica estejam se lembrando das programações sombrias da televisão, em que pastores se assentam em tronos opulentos ou distribuem carros. Talvez estejam comparando o terno Armani de um pregador com o traje Hugo Boss de outro, vendo presentes de luxo sendo entregues a pregadores visitantes em cruzadas grandiosas e as incontáveis casas, jatos e casamentos de alguns daqueles que se apresentam em nome de Jesus.

Que direito a igreja tem, portanto, de perguntar a uma jovem e amável senhora mórmon, autora de ficção romântica,

A SEDUÇÃO DO CREPÚSCULO

se ela não deveria ter amenizado o capitalismo encantador de Alice?

O que lhe dá esse direito é, acima de tudo, a presença da fé cristã no pano de fundo desses romances. No capítulo 7, "Há esperança para minha alma?", analisaremos como as ideias de bem e mal, Deus e criação, céu e inferno e imortalidade da alma aparecem repetidamente na narrativa de *Crepúsculo*. O Deus cristão recebe espaço considerável no cenário espiritual da história (junto com as tradições espirituais indígenas norte-americanas e a ideia do poder oculto cultivado e manipulado em benefício próprio).

Uma vez que a história cristã é, no mínimo, um ponto de referência, o que essa tradição de fé tem a dizer sobre a cultura de consumo que parece caracterizar vários membros da família Cullen?

No Antigo Testamento, há um livro chamado Cântico dos Cânticos. Os sete primeiros capítulos descrevem, com exuberância, o amor erótico. Os olhos do poeta se demoram sobre as formas de sua amada e ele observa: "Como são belas as suas faces entre os brincos, e o seu pescoço com os colares de joias!". É arrebatado pela beleza descrita como perfeita. Os autores bíblicos não se esquivavam de falar da beleza que contemplavam e dos sentimentos por ela produzidos. Suas descrições vívidas são prolíficas em perfumes e joias.

Não obstante, a Bíblia é repleta de supostos paradoxos. Reconhece e celebra a beleza, a juventude, o vigor e a riqueza, mas adverte repetidamente acerca das armadilhas da riqueza e recomenda a justiça em meio à aquisição de bens.

Esses conceitos aparecem de modo mais claro na tradição profética. O pronunciamento de Amós, profeta do Antigo Testamento, é enérgico: "Ouçam isto, mulheres da cidade de Samaria, que estão satisfeitas e gordas como as vacas de Basã! Vocês maltratam os necessitados, exploram os pobres e ficam sempre pedindo aos maridos que lhes tragam mais vinho para beber" (Am 4:1, NTLH).

A mesma atitude se reflete na tradição de "Jubileu", em Levítico, segundo a qual a terra entregue como pagamento de dívidas devia ser devolvida ao proprietário, depois de 49 anos (Lv 25:28).

Não se trata de uma simples nota de rodapé, na narrativa bíblica. Apelos ao exercício da justiça aparecem em mais de mil versículos (um número bem maior, a propósito, do que o de versículos sobre sexualidade). Esses textos contêm críticas a sistemas econômicos. Neemias repreende seus compatriotas por fazerem os ex-cativos recém-chegados a Jerusalém trocar a escravidão em terra estrangeira pela escravidão em sua terra natal. "Devolvam-lhes imediatamente suas terras, suas vinhas, suas oliveiras e suas casas, e também os juros que cobraram deles, a centésima parte do dinheiro, do trigo, do vinho e do azeite" (Ne 5:11). Deus deixa claro para seu povo que este não deve se dar o trabalho de buscá-lo com cânticos de adoração enquanto viver de forma injusta.

Um dos episódios mais conhecidos do ministério de Jesus é seu encontro impopular com o coletor de impostos, Zaqueu, classe que os mais religiosos desprezavam, por considerar seus membros impuros, e o povo em geral detestava, devido à tributação excessiva que praticavam. Os coletores de impostos se encontravam profundamente envolvidos com o sistema tributário da época que, acredita-se, garantia uma vida abastada para cerca de 3 por cento da população, enquanto os outros 97 por cento viviam da agricultura de subsistência. Jesus ignorou a desaprovação geral e demonstrou amizade, respeito e até misericórdia por Zaqueu. O fruto da misericórdia de Jesus foi justiça. Zaqueu pediu perdão e fez reparação e, desse modo, garantiu uma distribuição de renda mais equitativa em Jericó.

Jesus escolheu se identificar com os pobres de sua época sem desprezar os membros mais ricos da sociedade. Passou tempo com Nicodemos e José de Arimateia, membros do conselho governante em Jerusalém. É fato inevitável, porém, que dedicou a maior parte de seus dias aos galileus deselegantes e grupos marginalizados, como pastores de rebanho, coletores de impostos, pescadores e agricultores. A respeito de si, afirmou não ter onde descansar a cabeça e enviou os discípulos, em seu nome, com o mínimo de posses materiais (sem alforje nem sandálias) para pregar e curar, a fim de proclamar o amor e a compaixão dele e a possibilidade da vinda do reino de Deus à terra (Lc 10:1-12).

Jesus decepcionou um jovem líder ao recomendar-lhe que vendesse todos os seus bens. Advertiu que era mais fácil um camelo passar por uma porta baixa (o "Fundo da Agulha") em Jerusalém do que um rico entrar no reino dos céus.

Essas ideias deixaram marcas indeléveis na mente de seus seguidores. Atos 2 registra que os novos cristãos tinham "tudo em comum" e se apoiavam mutuamente. Quando esse sistema se desintegrou, a igreja nomeou diáconos para garantir que as viúvas gregas não deixassem de receber assistência. Tiago condena com severidade aqueles que guardavam os melhores lugares da igreja para os ricos e poderosos. Paulo repreende os coríntios por voltarem aos hábitos da cultura grega e romana de observar a estratificação social na hora das refeições.

A mentalidade judaica e a cristã convergem de modo a sugerir atitudes e ideias, em relação a dinheiro e propriedade, que possibilitem a reinicialização periódica da economia e o nivelamento do campo de oportunidades. Observamos como esses conceitos foram preservados nos códigos legais da Bíblia hebraica e demonstrados na prática por Jesus e seus seguidores.

Faça uma pausa e olhe ao seu redor. Talvez seu computador tenha sido fabricado por meio de um processo que, depois de um longo período de exposição, causará danos aos pulmões dos funcionários que produzem os *chips*. A camiseta que você está vestindo talvez seja de uma fábrica na China ou no sudeste da Ásia onde crianças trabalham quatorze horas por dia para produzir roupas das grifes que a personagem Alice manda para as instituições assistenciais. A previdência privada que serve de garantia para o futuro de sua família talvez dependa do sistema do mercado de ações, baseado em "usura e juros", manipulado diariamente por quem aposta em suas variações.

Por se tratar de ficção, é possível que as dez mil flores que decoram a mansão dos Cullens no casamento de Edward e

Bella tenham sido cultivadas numa fazenda orgânica, que preza pelo bem-estar dos funcionários e pelo comércio justo. Na vida real, no entanto, grande parte das flores que usamos no ocidente vem de fazendas ao redor do mundo em que trabalhadores mal pagos adoecem devido aos produtos químicos usados para evitar pragas e estimular o crescimento das plantas.

Poderíamos dedicar vários capítulos deste livro à justiça na economia mundial que, aliás, é tema de um sem-número de outros livros. Minha intenção é apenas levantar questões. Algumas das coisas que apreciamos na vida diária, como café, são produzidas de forma justa em vários lugares e, quando compramos de modo consciente e exercitamos nosso direito de escolha como consumidores, desfrutamos esses luxos sem contribuir para a injustiça.

Uma série como *Crepúsculo* é capaz de inserir seus pressupostos no âmago de nossa cultura. Alguns dos personagens mais queridos da narrativa épica vivem em luxo irrefreado e usam dinheiro obtido de forma injusta, por meio de poderes ocultos.

Caso ainda haja alguma dúvida quanto à influência comercial desses romances, uma espiada nos *sites* de fãs confirmará que a marca *Crepúsculo* tem produzido riqueza muito além da venda dos livros. Coleções de roupas nos estilos popularizados pelos personagens são lançadas quando da exibição dos filmes. Nomes conhecidos no varejo, como a loja de departamentos Nordstrom, fazem parte dessa estratégia. A saga *Crepúsculo* está profundamente envolvida com o consumismo, no mercado de massa.

Fãs podem protestar que não cabe aos autores de ficção romântica criticar os valores do contexto em que seus personagens se encontram. Alguns dos escritores de maior destaque em nossa cultura, porém, oferecem uma crítica do mundo ao seu redor. John Grisham, autor de obras que venderam vários milhões de exemplares, usa a trama de *O júri* para questionar a indústria de tabaco. Em *O advogado*, examina a situação dos pobres e dos sem-teto. Michael Crichton, por sua vez, analisa os perigos da nanotecnologia em sua obra *Presas* e Dan Brown questiona a integridade do Novo Testamento e da igreja em *O código Da Vinci*. Parece não haver nenhum empecilho sério, portanto, para escrever ficção ideologicamente convincente e, ao mesmo tempo, capaz de atrair o mercado de massa.

A abordagem de Stephenie Meyer em *Crepúsculo* não constitui "pecado de comissão", ou seja, uma tentativa deliberada de promover os valores do consumismo norte-americano. É mais provável que seja um "pecado de omissão", no qual ela, e grande parte de seus leitores, demonstra indisposição de examinar mais profundamente como todas as coisas são interligadas. O mantra da sociedade parece ser simples: quem trabalha com afinco enriquece. A realidade, porém, não é nada simples e, ao colocar um grupo de líderes jovens e ricos no centro de sua história, a autora expressa, sem muita sutileza, seu apoio a um dos membros da trindade profana da vida irrefletida: o dinheiro.

O que nos leva a outro membro dessa trindade: o sexo.

5

O SEXO E A CIDADE INTERIORANA

Nos últimos anos, as séries *Sex and the City*[1] e *Desperate Housewives*[2] trouxeram para a programação das grandes redes de televisão enredos carregados de erotismo e marcadamente urbanos. A série *Crepúsculo* apresenta uma abordagem um pouco mais sutil e situa o romance no contexto rural do estado de Washington.

Os adolescentes eram o público-alvo original dos livros. Considerando-se o ponto de vista predominante das narrativas (Bella), boa parte do interesse da série se deve a como a protagonista explora sua própria sexualidade. Para leitoras cada vez mais conscientes de seus desejos, vulnerabilidade e possível atratividade, a jornada de Bella da atração inicial à conquista sexual é fascinante.

Surge no texto uma mistura estranha de conservadorismo social e atletismo sexual. Fica evidente que a promiscuidade não é o padrão para Bella nem Edward, e que os dois chegam ao relacionamento com pouca experiência sexual.

As opções de Edward foram um tanto limitadas, tendo em vista a escassez, ao redor do mundo, de vampiras atraentes e dispostas a abrir mão de beber sangue humano. Em Sol da meia-noite, ele reflete sobre as investidas sexuais de Tanya, uma vampira de beleza extraordinária, e lembra a si mesmo que o interesse dela "além de não ser profundo, dificilmente é puro".[3]

Bella se considera desajeitada e desastrada. Portanto, não se sente confiante em situações sociais e nunca foi sexualmente ativa. Quando seu pai cria coragem de fazer um discurso sobre sexo antes de ela e Edward viajarem para a Flórida, Bella deixa claro que é virgem.[4]

Tendo em vista a pouca expectativa que tem de causar qualquer impacto no sexo oposto, Bella mal repara na agitação que sua chegada em Forks provoca entre os colegas de escola. A capacidade de Edward de ler mentes o alerta para a presença de Bella por meio das fantasias sórdidas de seus admiradores. Logo no início da história, Bella entende que está começando a atrair Mike Newton e não demora a despertar o interesse de Tyler e Eric.

Os três esperam ser convidados por Bella para o baile da escola. Sua fobia de dançar, porém, a leva a inventar, às pressas, uma viagem para Seattle, o que lhe permite esquivar-se do baile sem ser indelicada com os garotos.

Se não fosse pelo texto de Sol da meia-noite, teríamos apenas uma visão parcial do despertar sexual de Edward. À medida que aprende a controlar sua sede de sangue, descobre "um novo e estranho desejo". Novos anseios são despertados pelo desejo crescente dele pela pele, pelos lábios e pelo corpo de Bella. Edward se dá conta de que "os contornos de sua blusa fina" mexem com ele. Sem saber muito bem como lidar com esses sentimentos, Edward se preocupa com o "novo tipo de desejo" que enfraquecerá seu autocontrole e terá consequências desastrosas.[5]

A outra peça do quebra-cabeça romântico é Jacob Black. Logo no começo da saga, em um vislumbre do lado menos inocente da personalidade de Bella, a encontramos paquerando Jacob com certo embaraço de quem é inexperiente, a fim de obter mais informações acerca dos Cullens.

MAIS QUE UM SENTIMENTO?

A boa ficção romântica requer personagens com profundidade emocional. Em que se baseia a afinidade entre Edward, Bella e Jacob?

Edward

Edward desconfia das ações e do comportamento de quem vê o sexo como instrumento de controle e conquista. Bella descobre que Rosalie é ambivalente acerca da condição de vampira, pois sua "morte" não resultou de doença nem acidente. Foi estuprada pelo futuro marido e por vários outros homens e entregue à morte. Edward salva Bella de uma possível situação de estupro sobre a qual *Sol da meia-noite* fornece detalhes que não se encontram nos livros publicados.

Edward se enfurece de tal forma com a perversão sexual captada da mente dos agressores que, por pouco, não volta aos tempos de justiceiro e os executa, para proteger outros. Por fim, pede ajuda a Carlisle, que os captura e os leva para um lugar distante. Quando a polícia os prende, descobrimos que um dos homens era assassino em série e estuprador.

Edward também se espanta com os detalhes explícitos dos pensamentos de seus colegas de escola, ao focarem em Bella. Quando ele redescobre o desejo sexual, seus próprios pensamentos começam a adquirir uma propensão mais erótica, impelida pela constatação de que Bella é uma pessoa compassiva. Afasta-se da mentalidade pornográfica, que vê as mulheres apenas como objetos sexuais, mas continua sendo homem, com desejos masculinos comuns.

Enquanto discutem a viabilidade do relacionamento, tendo em vista ser ele um vampiro, a admiração de Edward por Bella cresce, e ele pensa consigo que ela jamais seria capaz de machucar alguém. Reflete sobre a ideia de ela ter ou não um anjo da guarda, e diz a si mesmo que uma pessoa boa como ela certamente tem um anjo da guarda.

Censura-se por ter pensado que a aparência dela era comum. Lembra-se da memória do rosto de Bella nas mentes que leu no primeiro dia de aula dela, na escola, e não pode deixar de concluir que, além de ser compassiva, também é linda.

Edward se apaixona, portanto, por todos os aspectos de Bella. É amor verdadeiro, e não apenas fruto do desejo. Mas como Bella vê os homens que fazem parte de sua vida?

Bella

No capítulo 3, tratamos da natureza de Bella. Observamos que ela examina a vida pela lente da beleza e dos atributos físicos daqueles a quem admira. Várias das mulheres bonitas que a encantam usam o *glamour* como arma. Tanya deseja fisgar homens apenas para seu prazer. Rosalie não está interessada em Edward, mas tem uma crise de ciúmes quando ele se apaixona por Bella.

Ainda que veja a vida sob uma ótica sensual, fica evidente que Bella é mais consistente. Irrita-se quando percebe que Jessica associa o possível relacionamento com Edward ao simples fato de ele ser "incrivelmente bonito". Reage com rapidez e se esforça para expressar devidamente a sensação de descobrir o verdadeiro Edward "*por trás daquele rosto*".[6]

Bella sente-se atraída pela disposição de Edward de arriscar o futuro e os relacionamentos familiares, para ficar com ela. Uma vez que abriu mão de matar e destruir outros, ele é um herói adequado. Mas em outra parte da história descobrimos que o compromisso de Bella com Edward e Jacob é tal que ela abafa suas apreensões quanto à possibilidade de ambos serem assassinos.

Jacob e Bella

Bella sabe que Jacob é atraente, mas o relacionamento deles assemelha-se mais com uma amizade do que percebemos na relação inicial entre ela e Edward, que, depois da resolução de vários conflitos, aflora em conversas intensas. Bella e Jacob realizam atividades juntos. Consertam motos, passeiam pela região. Têm uma relação que não se baseia no fato de terem uma relação.

Enquanto a vida se desintegra ao seu redor, Bella se consola com a ideia de que Jacob é um "porto seguro".[7]

O SEXO E A CIDADE INTERIORANA 71

Sente-se atraída pelo amigo e tem algum contato físico com ele. Depois da partida de Edward, Bella se encontra emocionalmente vulnerável, e a amizade com Jacob a faz baixar todas as defesas habituais. Num momento em que Jacob está lidando com conflitos tribais e pessoais, Bella o abraça junto ao peito. Diz que ele é "até bonito",[8] mas se preocupa que ele possa interpretá-la mal.

Para sermos justos com Bella, devemos observar que ela é honesta quanto aos seus limites com Jacob. Ainda assim, não consegue imaginar como poderia não gostar de estar com ele. Permite que ele lhe pegue a mão. Sente-se confusa. Não quer alimentar falsas esperanças, mas reconhece seu desejo egoísta de desfrutar a companhia dele.

Gostaria que pudessem ser só amigos e, depois da dor de perder Edward, teme ser magoada outra vez, mas sabe que se permitirá dar esperanças a Jacob. Em mais de uma ocasião, chega muito perto de expressar sua afeição física, apesar de perceber que seu amor por ele é apenas um "eco fraco" daquilo que sente por Edward.[9]

O quase-romance sofre inúmeras reviravoltas até os capítulos finais, quando fica claro que o destino de Jacob será com Renesmee, quando esta se tornar adulta. Observamos no relacionamento entre Jacob e Bella, porém, a presença implícita de aceitação e conforto.

Ela rejeita as expressões físicas de carinho de Jacob, que, em uma situação, chegam a ser violentas. Mais tarde, porém, quando ele parte para uma batalha da qual talvez nunca volte, ela sucumbe a um longo abraço e a um beijo apaixonado. Apesar de Bella ser culpada, Edward lê a mente de Jacob e lança a culpa sobre ele. Não obstante sua natureza, a relação entre Bella e Jacob nasce da amizade verdadeira, e não do desejo. Seu relacionamento tem alguma profundidade e significado.

Como era de esperar de uma escritora mórmon, que deixou claro em várias entrevistas que cenas de sexo explícito não fariam parte da série *Crepúsculo*, os livros desaprovam a promoção da atividade sexual fora de um relacionamento genuíno.

Não seria exagero sugerir, porém, que um dos temas predominantes de três quartos da narrativa da saga diz respeito às carícias preliminares entre Edward e Bella. Enquanto ele se esforça para não matá-la em um frenesi de paixão, ela procura incentivá-lo a se arriscar mais e a fazer amor, alimentando a crença ingênua de que ele será capaz de controlar o desejo pelo sangue dela e não a machucará com sua força sobre-humana.

SEXO E CASAMENTO SOB A ÓTICA CRISTÃ

Muitas pessoas que têm escrúpulos morais acerca da promiscuidade consideram permissível o relacionamento físico quando há afeição mútua verdadeira e não julgam necessário que ele aconteça dentro dos limites do casamento convencional. Apesar de ser uma postura bastante comum, não deixa de conflitar com a moralidade sexual cristã.

Não é raro que a tradição cristã com respeito ao sexo seja alvo de críticas. Na vida da igreja, nos últimos dois mil anos, alguns grupos introduziram a ideia de que o corpo devia ser desprezado e que a sexualidade era um mal necessário, associado à procriação. Esse conceito atingiu o ápice na mentalidade vitoriana, que, de modo lamentavelmente hipócrita, considerava indelicado falar sobre sexualidade. Ainda hoje convivemos com esse legado nocivo.

Tudo isso dificulta para o cristão questionar honestamente a moralidade sexual sem ser tachado de frustrado e desagradável. Antes de fazer algumas perguntas essenciais sobre como Stephenie Meyer trata do sexo nesses livros, talvez seja apropriado expressarmos concisamente a visão cristã sólida e sadia do sexo e do casamento.

O sexo é bom

Conforme observamos no capítulo 4, Cântico dos Cânticos, um dos livros do Antigo Testamento, é um poema de amor erótico. Celebra a sexualidade de forma explícita, com descrições detalhadas do caráter e do corpo do Amante e da Amada. Ao escrever aos coríntios, o apóstolo Paulo não desestimula o celibato, pois acredita que pode ajudar alguns a se concentrarem em uma missão. Ao mesmo tempo, contudo, aconselha os cônjuges a se disporem a ser sexualmente ativos um com o outro e a não negarem o prazer mútuo. A lei do Antigo Testamento dispensava os homens do serviço militar no primeiro ano de casamento, período emocionalmente intenso e sexualmente ativo.

O sexo tem consequências

Ainda que, hoje, seja possível manter relações sexuais com o mínimo risco de gerar filhos, a instituição do casamento não perdeu seu valor e provê um ambiente seguro e estável

74 A SEDUÇÃO DO CREPÚSCULO

para criar filhos. Conforme vários estudos indicam, filhos nascidos fora do casamento têm muito mais dificuldade de ser bem-sucedidos nos estudos e na vida em geral.

Intimidade e responsabilidade

Pedir aos noivos que firmem uma aliança mútua diante de Deus e de testemunhas numa cerimônia de casamento é uma forma de ajudar as pessoas a entenderem que a intimidade acarreta responsabilidade. Essa responsabilidade está relacionada ao investimento emocional de ambas as partes no ato sexual. Questões de confiança, autoimagem, união e vulnerabilidade emocional mesclam-se na expressão física harmoniosa de amor que o sexo de boa qualidade pode proporcionar.

O sexo pode ser destrutivo

A monogamia é saudável. A promiscuidade não. Hoje, para ajudar a controlar a incidência crescente de câncer cervical, resultante, a nosso ver, de altos níveis de atividade sexual, tornou-se necessário vacinar meninas adolescentes contra um vírus. Quantas das dificuldades de engravidar que muitas mulheres experimentam não estão relacionadas a sequelas de doenças sexualmente transmissíveis, que permanecem mesmo depois de optar por um estilo de vida mais comedido? Por que a Aids é, hoje, uma das maiores causadoras de morte, no mundo?

Casamento e sociedade

Ao longo da história, sociedades em todo o mundo desenvolveram costumes, tradições ou leis para oferecer ajuda a viúvas, amparar mulheres depois do divórcio e definir o que deveria ser feito das propriedades da família em caso de separação ou morte. Até pouco tempo atrás, as mulheres envolvidas em um relacionamento indefinido, sem base legal, muito menos espiritual, viam-se em situação de incerteza quando o relacionamento se desintegrava. Casamentos estáveis fazem parte dos alicerces da sociedade, e o grupo social que não os valoriza segue pelo caminho da autodestruição.

A tradição cristã não menospreza o sexo. Deseja celebrá-lo ao criar um contexto para protegê-lo e promovê-lo, e para comportar tudo o que pode resultar da atividade sexual.

O SEXO NA SAGA *CREPÚSCULO*

Nem é preciso dizer que há pouquíssimos vestígios desses princípios nas páginas do épico que estamos estudando. A continência de Edward se baseia, quase inteiramente, no pragmatismo. Ele não quer machucar sua amada. Bella, por sua vez, parece seguir a linha de que se deve viver no presente sem analisar demais o futuro. Apenas deseja Edward e raramente é a parte que desacelera o passo.

Bella reage de forma negativa à ideia de se casar aos dezenove anos. Acredita que a mãe, Renée, se casou jovem demais e, por isso, o relacionamento com Charlie não deu certo. Recusa-se a ser o tipo de garota que se casa assim que termina o ensino médio. O fato de Renée ter presenteado Bella com uma *lingerie* da marca Victoria's Secret quando a filha tinha dezesseis anos sugere que Renée não apenas imaginava a probabilidade de a filha tornar-se sexualmente ativa na adolescência, mas também que desejava garantir que ela entrasse em cena envolta em uma "embalagem" bonita.

As passagens eróticas dos livros são as que permanecerão por mais tempo na imaginação dos leitores. São numerosas demais para descrevermos em detalhes aqui, mas, ao procurarmos entender a mensagem que perdurará, pode ser proveitoso destacar alguns elementos recorrentes.

Excitação

Sempre que Edward a toca, Bella fica extremamente excitada. Descreve como os ossos amolecem e menciona (várias vezes!) a hiperatividade do coração. Precisa se lembrar de respirar e menciona (com frequência) sentir vertigens. O sangue parece ferver, e a respiração se torna irregular e ofegante. Quando percebe que Edward talvez esteja afrouxando as regras rígidas do relacionamento, comprime-se contra ele com avidez. Meyer conduz o leitor repetidamente ao estado quase orgástico que até mesmo a mínima atividade sexual pode provocar nas primeiras experiências. Esse estado de desejo não consumado exacerba a tensão sexual do casal fictício e também do leitor. Meyer evita cenas sexualmente explícitas, que conflitariam com seus escrúpulos religiosos e poderiam causar controvérsia, e por causa do público-alvo atém-se a descrever carícias preliminares e não penetrativas entre duas pessoas vestidas. O resto fica por conta da imaginação do leitor.

Sedução

Bella é sincera quanto à própria sexualidade. Uma vez apaixonada por Edward, reconhece de bom grado que, apesar de algumas pessoas pensarem que "o amor e o desejo nem sempre andam de mãos dadas", para ela, andam.[10]

A lógica não é desenvolvida em detalhes. Ao que parece, contudo, Bella confia que o autocontrole de Edward, já demonstrado em sua capacidade de beijá-la sem querer seu sangue, será suficiente quando o relacionamento se tornar fisicamente mais expressivo. Ela deseja enfraquecer o autocontrole sexual dele, pois o considera capaz de se dominar, como vampiro. Expande, aos poucos, os limites definidos por ele. Sabe que seu comportamento é indesculpável, mas, ainda assim, anseia pela emoção da intimidade.

Pede beijos de aniversário e pergunta, brincando, se ele não se sente tentado por seu corpo. A atração se intensifica no reencontro dos dois depois de vários meses de separação. Quando Edward sucumbe a um momento de paixão irrefletida, Bella pergunta se ele mudou de ideia a respeito da extensão do relacionamento sexual de ambos. Ele recobra o controle de imediato, enquanto ela comenta, amuada: "Se não vamos nos deixar levar, que sentido tem?".[11]

Bella afirma não ter as palavras necessárias para criar uma cena de sedução e, por isso, costuma deixar o corpo falar. Uma vez decidido que ela se tornará vampira, Bella deseja ter sexo com Edward enquanto ainda é humana. Sem saber muito bem como tratar dessa questão com ele, simplesmente começa a despi-lo. Quando ele resiste, ela começa a se despir. Como sempre, Edward acaba impondo os limites, mas

78 A SEDUÇÃO DO CREPÚSCULO

ainda ocorre outra cena parecida antes de os dois conseguirem recobrar algum autocontrole. Bella deixa claro que não vê motivos para esperar.[12] Permanece virgem apenas por uma questão prática, relacionada aos superpoderes de Edward.

O desejo inconsequente que vemos em Bella não é uma emoção desconhecida dos leitores. Para alguns, porém, a legitimação dessas escolhas, inferida por sua ligação com os personagens principais da história, servirá para reforçar as decisões que tomarão na vida real. Dentro da lógica da história, a autora não oferece ao leitor nenhum motivo para permanecer casto.

Consumação

Amanhecer, o volume final da série, pode ser interpretado como a parte mais erótica de toda a narrativa. No capítulo 5, os recém-casados aparecem banhando-se, nus, no mar, perto da casa onde passam a lua de mel. Depois, entregam-se a uma relação sexual tão ativa que Edward despedaça todos os travesseiros do quarto.

Edward ainda não aprendeu a controlar completamente sua força de vampiro e, como resultado do entusiasmo excessivo da noite de amor, Bella acaba coberta de hematomas. O casal se abstém de sexo por alguns dias, mas um incidente no meio da noite, dessa vez apenas com algumas peças caras de lingerie rasgadas e algumas lascas arrancadas da cabeceira da cama, dá a Edward a oportunidade de aprender a ser um pouco menos vigoroso.[13]

Depois que Bella dá à luz e se torna vampira, a situação muda completamente. Uma vez que vampiros não precisam dormir, ela e Edward usam as noites para praticar suas aptidões recém-descobertas. Fica evidente que outros casais de vampiros desfrutam períodos semelhantes de atividade sexual intensa, e Bella se pergunta se, algum dia, ela e Edward chegarão a parar ou desacelerar.

O casal apaixonado esperou até depois do casamento para ter sexo (genital). Diante disso, há quem interprete que a mensagem do livro é conservadora e afirma a moralidade convencional. A luta de ambos para permanecerem castos e os desejos avassaladores que os levam até os limites definidos por Edward são conhecidos de muitos.

Restam, contudo, algumas questões. Bella assumiu interiormente o compromisso sério de esperar até se casar? A resposta sincera é não. Por que Edward se refreia? Não é especificamente por motivos morais, mas pela preocupação com a integridade física de Bella.

As descrições explícitas de excitação sexual de Bella, repetidas ao longo de toda a história, provocarão desejo sexual nos leitores e legitimarão ou acelerarão a atividade sexual deles? As descrições extremamente idealizadas que Bella apresenta do aspecto físico de Edward criarão um "sonho perfeito" que muitos leitores não conseguirão obter? É um tanto decepcionante ver que, nesse sentido, Stephenie Meyer segue padrões românticos inteiramente convencionais.

No que se refere a sexo, a mensagem por trás da série *Crepúsculo* é: siga seus sentimentos, e não um sistema de valores mais amplo e sábio.

Falamos o suficiente sobre dinheiro e sexo. E quanto ao poder?

6

OCULTO E PERIGOSO

Três espiritualidades distintas se entretecem ao longo da saga *Crepúsculo*.

Uma linha se vale explicitamente do cristianismo tradicional, com suas visões de céu e inferno, criação e vida após a morte. (Voltaremos a essa questão em capítulo posterior.) Relacionado a essa linha cristã, temos o enredo básico sobre vampiros que, em algumas tradições cristãs, eram considerados espíritos de mortos ou forças demoníacas, apesar de não aparecerem na narrativa bíblica. Por fim, temos as mitologias de transformação física associadas à espiritualidade indígena norte-americana.

Alguns leitores consideram enredos com vampiros e lobisomens mera fantasia. Deixam que a história os envolva e veem os aspectos menos racionais da vida dos personagens como simples recurso literário. Existe, porém, outra linha ao longo de toda a saga que intensifica em Amanhecer, o volume final. Não se trata de uma cosmovisão religiosa fácil de identificar e não costuma ser expressa dentro de estruturas religiosas convencionais. Diz respeito a aptidões sobrenaturais.

A história toda gira em torno da capacidade de Alice de antever o futuro, de Edward ler mentes e de Jasper tranquilizar e pacificar por meio de um dom especial. Nenhuma explicação religiosa é fornecida para a origem dessas habilidades. Trata-se de um pressuposto dentro da narrativa.

Torna-se evidente que outros também possuem alguma forma de aptidão. Em um tema pouco desenvolvido em *Sol da meia-noite*, Edward observa que não consegue perceber os pensamentos de Charlie Swan com tanta clareza quanto os pensamentos de todos os outros mortais da história, com exceção de Bella. Parte da tensão emocional do romance entre Bella e Edward se deve ao fato de ele não ser capaz de ler a mente dela, uma novidade que o fascina e frustra, ao mesmo tempo.

Aptidões sobrenaturais semelhantes se manifestam entre os lobisomens e no clã dos Volturi, responsável por policiar o mundo dos vampiros. Os lobisomens se comunicam por meio de uma "mente grupal" etérea.

Vários dos Volturi possuem poder espiritual para afetar a matéria e mudar circunstâncias. Só de tocar numa pessoa, Aro, maioral dos Volturi, ouve todos os pensamentos que ela já teve. Marcus, outro líder dos Volturi, discerne a natureza e intensidade de relacionamentos. A guarda-costas Jane causa dor intensa com apenas um pensamento. O ex-guarda Eleazar é de grande ajuda para a família Cullen, pois sua aptidão consiste em identificar as capacidades especiais de vampiros.

82 A SEDUÇÃO DO CREPÚSCULO

Chelsea, outra guarda, influencia as ligações emocionais entre pessoas e estimula maior cooperação. O guarda-costas Alec cria uma neblina rastejante que incapacita quem é envolvido por ela.

Os aliados dos Cullens também têm aptidões. Kate cria energia elétrica que fere quem lhe toca o corpo. Zafrina tem poder de cegar. Benjamim influencia os elementos da natureza e abre fendas no chão.

Talvez o poder mais impressionante seja aquele que se manifesta, posteriormente, por meio de Bella. Ela é capaz de neutralizar as aptidões de outros criando um escudo de proteção ao redor de si e, com o tempo, de outros. Jane e Alec são incapazes de feri-la, e Demetri, cujo poder consiste em localizar indivíduos, não consegue encontrá-la.

Ainda que os dons atribuídos a vários personagens possam parecer fantásticos, a crença neles é amplamente difundida, a ponto de haver palavras para identificá-los e de serem agrupados sob o rótulo de "percepção extrassensorial". A aptidão de Alice é intitulada *clarividência*. Os lobisomens têm *clariaudiência*. A aptidão de Aro é próxima da capacidade de *clarisciência* e a de Eleazar, da *claricognição*.

Existem várias linhas de pensamento sobre como os seres humanos adquirem essas aptidões. Sua existência é corroborada por inúmeros relatos baseados em observações pessoais, mas difícil de definir claramente em condições laboratoriais. A saga *Crepúsculo* fornece algumas pistas. Carlisle explica a Edward sua teoria: os vampiros trazem para a nova vida as características humanas mais fortes e o poder vampiresco intensifica esses dons.[1]

OCULTO E PERIGOSO 83

Eleazar fala da capacidade "latente" dos seres humanos de usarem suas aptidões e as descreve como "nebulosas". Quando conhece Bella, fica admirado com a habilidade dela de se proteger dos poderes psíquicos de outros. Uma vez que Bella manifestou esse dom antes de se tornar vampira, ele é considerado um "talento latente muito poderoso".[2]

O uso da palavra latente é importante, pois corresponde a uma crença bastante comum. Alguns grupos ocultistas e religiosos, por exemplo, aceitam a ideia de que a cidade de Atlântida, terra mítica que supostamente afundou no oceano Atlântico durante um cataclismo mundial, era centro de uma cultura onde as aptidões de Edward e Alice seriam consideradas triviais.

A escritora da Nova Era, dra. Shirley McCune, uma das autoras da obra *A luz o libertará* fala, das crenças fundamentais associadas ao mito:

> Todos os seres humanos têm a habilidade natural de perceber dimensões superiores à Terceira [...] Os humanos de Atlântida consideravam esse modo de operação e percepção um comportamento comum. Os habitantes de Atlântida operavam nesse nível mais elevado de existência, cada um ligado a seu Eu Superior. Com a queda de Atlântida, a humanidade teve de lutar pela sobrevivência e adquiriu consciência de seu eu inferior, dominado pela vontade do ego. Agora, depois de milhares de anos de evolução, a maioria das pessoas esqueceu [...] como se ligar a dimensões superiores [...].[3]

84 A SEDUÇÃO DO CREPÚSCULO

O mito de Atlântida nasceu dos escritos de Platão e foi reforçado na imaginação popular ao ser recontado por *Sir* Francis Bacon, cuja visão utópica moldou o pensamento dos colonizadores dos Estados Unidos. Cientista e filósofo elisabetano, Bacon (1561-1626) também era místico e escreveu a obra extremamente influente *The New Atlantis* [Nova Atlântida].

O cristianismo tradicional reconhece a possibilidade de dons semelhantes àqueles retratados na saga *Crepúsculo*. Jesus conhecia os pensamentos das pessoas e, em algumas ocasiões, respondeu a críticas antes de serem expressas verbalmente.

> Ao ver isso, o fariseu que o havia convidado disse a si mesmo: "Se este homem fosse profeta, saberia quem nele está tocando e que tipo de mulher ela é: uma 'pecadora'". Então lhe disse Jesus: "Simão, tenho algo a lhe dizer". "Dize, Mestre", disse ele.
>
> Lucas 7:39-40

As epístolas de Paulo descrevem dons semelhantes ativos na igreja primitiva:

> Há diferentes tipos de dons, mas o Espírito é o mesmo. Há diferentes tipos de ministérios, mas o Senhor é o mesmo. Há diferentes formas de atuação, mas é o mesmo Deus quem efetua tudo em todos. A cada um, porém, é dada a manifestação do Espírito, visando ao bem comum. Pelo Espírito, a um é dada a palavra de sabedoria; a outro,

pelo mesmo Espírito, a palavra de conhecimento; a outro, fé, pelo mesmo Espírito; a outro, dons de curar, pelo único Espírito; a outro, poder para operar milagres; a outro, profecia; a outro, discernimento de espíritos; a outro, variedade de línguas; e ainda a outro, interpretação de línguas. Todas essas coisas, porém, são realizadas pelo mesmo e único Espírito, e ele as distribui individualmente, a cada um, como quer.

1Coríntios 12:4-11

Alguns cristãos acreditam que esses dons sobrenaturais foram exercidos apenas pela geração de discípulos que andaram com Jesus e que, hoje, já não operam. Uma pequena minoria acredita que todos os seres humanos foram dotados de habilidades desde o início da criação, mas foram perdidos devido ao pecado e à rebelião do homem contra Deus. Acredita, também, que elas podem ser readquiridas pela cooperação com Deus, por intermédio do Espírito Santo. De acordo com esse ponto de vista, o aparente exercício de dons por outros que não atuam dentro dos limites do cristianismo convencional constitui, então, obra do Diabo, supondo ser possível comprovar sua autenticidade.

Uma linha mais amplamente aceita na teologia cristã propõe que todos os dons genuínos provêm de Deus. O termo *carisma*, usado no original grego de 1Coríntios 12, significa "dom da graça".

Os dons são considerados, portanto, obra divina e concedidos pelo Espírito Santo conforme apraz a Deus. Esse conceito contrasta nitidamente com a ideia de que os dons

A SEDUÇÃO DO CREPÚSCULO

são latentes e podem ser despertados, exercitados como reflexos e usados segundo os caprichos da mente humana.

As narrativas sobre nosso poder de controlar os elementos ou a vida de outros são centrais em parte significativa da literatura popular. Quando as encontramos no contexto da série *Harry Potter*, onde são associadas a rituais, encantamentos e outros elementos da magia simbólica, é fácil nos distanciarmos delas e desconsiderarmos sua relevância, uma vez que não passam de mitos e fábulas.

A série *Crepúsculo*, porém, trata da mesma questão de modo diferente. *Amanhecer*, em particular, sugere a disponibilidade dessas aptidões para os não-vampiros, mesmo que as utilizem de modo inadequado. Observe que a narrativa não indica, em momento algum, a necessidade de proferir palavras especiais ou realizar rituais para usar esse poder. A história apresenta essa forma de uso da mente como uma aptidão latente, que pode ser exercitada.

Bella deseja participar da defesa de si mesma, de sua filha recém-nascida e da família Cullen como um todo. Edward se recusa a treiná-la e não consegue pensar nela como alvo. Cabe à solidária vampira Kate a tarefa de ajudar Bella a não apenas usar sua força, mas também evocar poderes psíquicos mais amplos. Quando Bella percebe uma ameaça à filha, descobre que a raiva estende o alcance de seu escudo.

Expande-o ainda mais ao procurar proteger membros do grupo da cegueira temporária que Zafrina tenta infligir. Está preparado o palco para a batalha final entre os Cullens e os Volturi. Depois de discutir a legitimidade de

Renesmee, os Volturi optam por uma retirada estratégica. O fator crítico dessa decisão deve-se a seu conhecimento de que o escudo que Bella formou em volta dos simpatizantes de sua causa é impenetrável por todos os métodos normais usados por eles para subjugarem seus inimigos.

Essas ideias de aptidões mentais latentes também aparecem na obra *O símbolo perdido*, continuação de *O código Da Vinci*, de Dan Brown. Por trás desse novo *best-seller* encontramos a seguinte ideia central: quando entendidas corretamente, as tradições religiosas do mundo sugerem que nós, humanos, também somos deuses. Por meio de sua trama, Brown dá a entender que a maçonaria e o rosacrucianismo talvez tenham compreendido melhor esse fato e realizado grande progresso no trabalho de incentivar as pessoas a pensarem dessa forma.

Brown entretece na história pensamentos esotéricos dos textos de Isaac Newton e Francis Bacon, dois expoentes da ciência que procuraram combinar as disciplinas da pesquisa científica com a especulação mística. Também inclui comentários e conjecturas em torno dos conceitos de física quântica para argumentar que habilidades consideradas sobrenaturais são, na verdade, aptidões naturais que podem ser exercitadas pelo treinamento da mente e por atos volitivos.

Portanto, se considerarmos que a saga *Crepúsculo* e *O símbolo perdido* talvez alcancem pelo menos 100 milhões de leitores, não é exagero dizer que uma dentre vinte pessoas de países com índices mais elevados de alfabetização está lendo textos que, de maneira sutil (ou, no caso de Dan Brown, direta), sugerem que os atos sobrenaturais de Jesus

A SEDUÇÃO DO CREPÚSCULO

não constituem sinais de seu relacionamento com Deus, mas apenas aptidões de uma mente treinada. Nesse contexto, Jesus se torna simplesmente um mestre cuja ética é tida em alta consideração.

As duas obras apresentam um mundo onde o legítimo poder espiritual de cada pessoa se encontra disponível fora do contexto do relacionamento com Deus e do poder concedido pelo Espírito Santo. *O símbolo perdido* sugere, ainda, que homens e mulheres perfeitamente racionais e respeitados têm se tornado defensores de ideias associadas à possibilidade do exercício pessoal de poderes naturais.

A pesquisa sobre fenômenos paranormais é uma atividade polarizadora. Aqueles que afirmam ter aptidões sobrenaturais descobertas e exercidas fora do contexto de qualquer afiliação religiosa declaram que as habilidades de seus praticantes mais competentes podem ser verificadas por experimentos. E se estiverem certos?

Alguns cristãos seguiriam o exemplo do falecido professor Donald Mackay, que observou:

> É impossível uma descoberta científica dada por Deus contradizer a Palavra dada por Deus. Se, portanto, uma descoberta científica, distinta da especulação científica, contradiz aquilo que críamos por meio da Bíblia, não se trata de erro na Palavra de Deus, mas de erro em nossa forma de interpretá-la. Em vez de "defender" a Bíblia das descobertas científicas, o cristão tem o dever de receber com gratidão quaisquer esclarecimentos que uma possa dar à outra, como provenientes do mesmo Doador. Essa

é a "liberdade" da devoção plenamente cristã ao Deus da Verdade.[4]

Conforme observamos anteriormente, Paulo afirma em 1Coríntios 12 que os dons são provenientes de Deus. A Bíblia pressupõe que esses dons, quando exercidos por aqueles que não seguem a Cristo, constituem obra de uma terceira classe de seres, que não são homens nem Deus. Conhecidas como anjos, quando servem a Deus, ou demônios, quando se opõem a ele, as criaturas espirituais podem inspirar conhecimento sobrenatural. Um episódio em Atos ilustra esse fato:

> Certo dia, indo nós para o lugar de oração, encontramos uma escrava que tinha um espírito pelo qual predizia o futuro. Ela ganhava muito dinheiro para os seus senhores com adivinhações. Essa moça seguia a Paulo e a nós, gritando: Estes homens são servos do Deus Altíssimo e lhes anunciam o caminho da salvação. Ela continuou fazendo isso por muitos dias. Finalmente, Paulo ficou indignado, voltou-se e disse ao espírito: Em nome de Jesus Cristo eu lhe ordeno que saia dela! No mesmo instante o espírito a deixou. Percebendo que a sua esperança de lucro tinha se acabado, os donos da escrava agarraram Paulo e Silas e os arrastaram para a praça principal, diante das autoridades.
>
> Atos 16:16-19

Não obstante o grau de sucesso da ciência em verificar as aptidões descritas na saga *Crepúsculo*, a Bíblia fornece uma explicação além da abrangência do conceito inerente às obras de Dan Brown e Stephenie Meyer de pequenos deuses com poderes mentais.

De acordo com outra ideia latente nas duas obras, o conhecimento referente a tais aptidões deve ser confiado a uma elite. Na saga *Crepúsculo*, vampiros e lobisomens, sobre-humanos, detêm grande quantidade desse poder. Em *O símbolo perdido* ele é controlado por maçons influentes e reservados. Em ambos os casos, a propensão para o mal, mesmo nos grupos de elite que guardam os segredos, sugere que são sem dúvida perigosos demais para homens e mulheres comuns. Essa ideia deve sempre inspirar cautela. Quando nossas narrativas culturais nos instruem a confiar em uma elite (como os banqueiros, por exemplo), corremos o risco de perder a acuidade crítica. Jesus recrutou seguidores fora da elite (pastores, pescadores e zelotes políticos) e, em várias ocasiões, criticou a elite da época (fariseus, saduceus e escribas). Podemos confiar em livros que sugerem que devemos nos sujeitar aos "sábios e poderosos"? Talvez não.

Existe, obviamente, uma atração inegável em tudo o que é místico, secreto e poderoso, especialmente quando não temos instituições fortes dispostas a se pronunciarem em nosso favor diante daqueles que ocupam cargos de poder. Se desconfiamos de uma sociedade que se desintegrou e perdeu os vínculos de comunidade e vizinhança, não devemos ser ainda mais cautelosos em relação àqueles que promovem uma visão elitista do conhecimento espiritual, em vez de uma celebração aberta e comunitária da bondade de Deus expressa em Jesus?

Quando esses dons singulares são associados repetidamente a indivíduos bonitos, talentosos e intelectual e financeiramente poderosos, talvez devamos nos perguntar se, não obstante nossa admiração inicial, são esses os heróis que desejamos de fato.

O livro de Isaías fala de um servo sofredor que visitaria o povo de Israel. O servo sofredor nunca avultou na imaginação política do tempo de Jesus tanto quanto o rei guerreiro que muitos procuravam para expulsar os romanos.

> Ele não tinha qualquer beleza ou majestade que nos atraísse, nada havia em sua aparência para que o desejássemos. Foi desprezado e rejeitado pelos homens, um homem de dores e experimentado no sofrimento. Como alguém de quem os homens escondem o rosto, foi desprezado, e nós não o tínhamos em estima.
>
> Isaías 53:2-3

Jesus maravilhou o povo com seu poder de operar milagres. Depois de alimentar os cinco mil, a multidão quis levá-lo a Jerusalém, proclamá-lo Rei e, desse modo, dar início a uma revolta popular. Mas Jesus se recusou a ser o rei guerreiro e, por fim, após lavar os pés de seus discípulos, morreu na cruz para ilustrar como deviam servir uns aos outros. O rei-servo teve uma morte dolorosa, mas triunfou sobre todas as forças que conspiravam contra ele ao ressuscitar dentre os mortos e conceder poder a seus discípulos a fim de que dessem continuidade a sua obra de amor, graça, misericórdia e restauração espiritual.

Se o poder espiritual é dom de Deus, vem acompanhado de limites e dentro da estrutura de prestação de contas que a vida de Jesus propõe para nós. Se os textos de ficção de Dan Brown e Stephenie Meyer têm alguma base na realidade, será que nos advertem acerca de indivíduos habitualmente perversos, oferecendo, no entanto, pouca orientação além de "não mate pessoas"? Na ausência do Deus absoluto, podemos criar nossa própria moralidade? De que maneira o bem e o mal se refletem na saga *Crepúsculo*?

Consideraremos essa questão no capítulo seguinte, onde procuramos entender como o épico trata das ideias centrais do cristianismo convencional.

7

HÁ ESPERANÇA PARA MINHA ALMA?

Apesar de grande parte da história de *Crepúsculo* ser narrada do ponto de vista de Bella, o centro moral encontra-se na interação entre as crenças de Edward e Carlisle. São arraigadas na conhecida narrativa judaico-cristã a respeito de Deus, da criação, de escolha moral e de nosso destino eterno no céu ou no inferno.

Voltaremos a essas questões mais adiante. Primeiro, porém, meçamos a temperatura religiosa de Bella. Como tantos outros, Bella adota a linguagem da religião, apesar de ter pouco ou nenhum envolvimento com a igreja. Afirma ser "destituída de crenças"[1] e diz a Edward que, se puder permanecer com ele, não precisará do céu. Ao mesmo tempo, descreve Jacob como um "presente dos deuses"[2] e ridiculariza, com sarcasmo, seu desejo recém-descoberto de estar com Sam Uley e os companheiros lobisomens. Diz: "Agora você viu a luz. Aleluia", comentário derivado de uma metáfora religiosa conhecida.[3] Não consegue imaginar um ser divino, mas é evidente que, se ele existe, deve estar disposto a aceitar Carlisle Cullen, alguém que ela considera quase um santo.

Estamos lendo uma narrativa fictícia com elementos fantásticos. Ninguém espera a precisão de um credo teológico. Observamos, no entanto, a ausência clara de qualquer menção significativa a Jesus ou ao Espírito Santo, o que, tendo em vista as conotações espirituais dos livros, não seria implausível. Homens e mulheres santos e fiéis aparecem em muitas fantasias modernas, como, por exemplo, nas histórias de Harry Dresden, de Jim Butcher,[4] que contam com a participação de vários vampiros. No universo de vampiros e lobisomens da série *Crepúsculo*, Jesus e o Espírito Santo são desnecessários, pois boa parte daquilo que o Espírito realiza na tradição cristã é promovida agora como aptidão mental, um talento latente que pode ser cultivado e usado pelo indivíduo como melhor lhe parecer.

Nas discussões da saga sobre religião, Jesus só aparece de maneira secundária. Bella expressa surpresa ao ver na casa dos Cullens uma grande cruz de madeira, objeto que reflete o respeito de Carlisle por suas origens espirituais, antes de se tornar vampiro. Como Edward garante a Bella, o poder de espantar vampiros atribuído à cruz não passa de superstição.[5]

Os livros exploram conceitos de perdão, comedimento moral e bondade pessoal de vários personagens e, no entanto, ignoram qualquer relevância da vida, morte e ressurreição de Jesus para nosso relacionamento com Deus. Ainda assim, Deus é um elemento constante na forma de pensar de Carlisle e Edward. O Deus que vemos na saga *Crepúsculo* se parece com a divindade dos deístas que criou o

HÁ ESPERANÇA PARA MINHA ALMA? 95

mundo, deu-nos estruturas morais e agora, de modo geral, nos deixa por conta própria para descobrir como podemos viver até que ele volte a intervir na história.

Alguns dos diálogos sugerem características divinas entre os vampiros. Os vampiros romenos que perderam o lugar para os Volturi comentam que passaram séculos "contemplando [sua] própria divindade" antes de perceberem sua falibilidade.[6] Aro, o líder Volturi, se pergunta (supostamente usando de licença poética) se existe alguém entre os deuses e mortais capaz de enxergar as coisas com tanta clareza quanto ele e Edward.

Ideias e expressões descritivas originárias da Bíblia são comuns ao longo de todo o texto. Devemos atribuir isso ao fato de Stephenie Meyer colocá-las na boca dos personagens por estar familiarizada com essa linguagem ou, pensando de modo mais generoso, por desejar criar um eco inquietante de religião e uma complexidade agradável nos romances? Ou devemos pressupor apenas que, no contexto norte-americano, os personagens conhecem o significado dessas frases pelo fato de tantas pessoas nos EUA terem contato com a igreja em algum momento da vida?

Por certo, não faltam referências religiosas nos textos. Dirigindo-se a Bella, Edward sussurra que "o leão se apaixonou pelo cordeiro", uma expressão com nuança bíblica, ainda que a metáfora mais comum de proximidade no reino animal se encontre em Isaías 11:6, que fala da era ideal em que lobos coexistirão pacificamente com cordeiros![7]

Edward também usa a imagem do filho pródigo (uma parábola de Jesus) para descrever sua recepção do exílio

96 A SEDUÇÃO DO CREPÚSCULO

autoimposto. Obviamente, não há como levar muito longe essa metáfora, pois o filho pródigo da parábola apropriouse de metade da fortuna do pai e voltou em situação de desgraça. Edward simplesmente ficou fora por um tempo.

Jacob mostra-se familiarizado com conceitos espirituais que não fazem parte da espiritualidade indígena norte-americana ao refletir que a propensão de Bella para mártir a teria levado a oferecer-se para enfrentar os leões durante as perseguições à igreja primitiva.[8] Também encontramos comparações entre o mito diluviano dos índios quileutes — que sobreviveram por amarrar as canoas no topo de árvores altas — e a narrativa de Noé.

Jacob se refere, ainda, ao rei bíblico Salomão (na situação em que o rei tenta identificar a mãe verdadeira de um bebê) para ajudar a explicar como é possível acabar com a tensão entre Edward, Bella e ele próprio advinda das emoções conflitantes e do amor de Bella por ambos. Apesar de se declarar desprovida de crenças, Bella conhece a história.

A religião organizada, contudo, mal aparece. O casamento de Edward e Bella é realizado pelo pastor luterano da cidade. Sua filha, Angela, é uma figura secundária, mas importante na trama geral. Edward não duvida de sua bondade e, para lhe dar certa privacidade, evita ler a mente dela com muita frequência. Angela demonstra amor incondicional e abnegado para com Bella e apoia sem se intrometer. Em *Sol da meia-noite*, Edward a descreve da seguinte forma:

> Para uma adolescente, Angela sente-se estranhamente satisfeita. Feliz. Talvez esse fosse o motivo de sua bondade

incomum. Era uma daquelas raras pessoas que tinha o que queria e queria o que tinha. Quando não estava prestando atenção nos professores ou em suas anotações, estava pensando no passeio que faria na praia com seus irmãozinhos gêmeos no final de semana, antevendo a empolgação deles com prazer quase maternal. Cuidava deles com frequência, mas não se ressentia de fazê-lo.[9]

Além de Carlisle Cullen, Angela é um dos poucos personagens do livro que recebe aprovação inequívoca.

Antes de mergulhar nas ideias relacionadas a céu e inferno e certo e errado, talvez seja proveitoso fazer uma pausa para esclarecer nossos conceitos teológicos acerca de vampiros, pois são relevantes para entendermos a situação de Edward com respeito a sua alma.

"TEOLOGIA" VAMPIRESCA

O mito do vampiro é comum em culturas de todo o mundo. Quando ele entra em contato com o cristianismo convencional, a culpa pelas atividades vampirescas começou a recair sobre os demônios, cuja existência já era reconhecida na literatura bíblica. A ausência de qualquer história da Bíblia que sugira o vampirismo e a falta de evidências concretas não impediram as inúmeras especulações espirituais.

Até a Reforma protestante, essas especulações limitavam-se aos círculos leigos. Atribuía-se poder espiritual a uma panóplia de santos, relíquias e lugares. Dentro desse contexto marcadamente religioso, era comum conjecturar a respeito do momento exato em que a alma deixava o

A SEDUÇÃO DO CREPÚSCULO

corpo, por ocasião da morte. Imaginações férteis começaram a sugerir a possibilidade de serem as supostas atividades vampirescas obra de espíritos desassossegados que ainda não haviam encontrado o lugar de descanso, após a morte. À medida que a mitologia se desenvolveu, ganhou aceitação a ideia de que um vampiro podia "iniciar" outro, como vimos no capítulo 2.

Não pretendemos criticar Stephenie Meyer por usar vampiros como recurso literário. Precisamos, contudo, deixar bem clara a visão bíblica da vida após a morte.

Ao que parece, antes da vinda de Cristo, acreditava-se que o Hades ou Sheol era o lugar onde os mortos aguardavam seu destino, no além. Alguns escritores do Antigo Testamento se referem ao Sheol com certa apreensão, mas o livro de Jó o descreve de modo mais positivo, como um lugar de espera:

> Ali os ímpios já não se agitam, e ali os cansados permanecem em repouso; os prisioneiros também desfrutam sossego, já não ouvem mais os gritos do feitor de escravos. Os simples e os poderosos ali estão, e o escravo está livre do seu senhor.
>
> Jó 3:17-19

Havia, também, a expectativa da ressurreição final:

> Mas os teus mortos viverão; seus corpos ressuscitarão. Vocês, que voltaram ao pó, acordem e cantem de alegria.
>
> Isaías 26:19

HÁ ESPERANÇA PARA MINHA ALMA?

O teólogo cristão Peter Cotterell comenta acerca do período entre a morte e o julgamento:

> Mas, uma vez que deixamos este universo, o tempo deixa de existir [...]. Temos a tendência irrefletida de transferir nossa forma de pensar e expressar, apropriadas para este mundo, para o mundo vindouro, onde não são adequadas [...]. Conceitos de antes e depois simplesmente não se aplicam à próxima vida.[10]

Em suas palavras na cruz, Cristo deixou claro que o ladrão arrependido estaria com ele no paraíso naquela noite (Lc 23:39-43). Um novo dia raiou. Para aqueles que entram em um relacionamento com Deus por meio de Jesus, o que os espera depois da morte é o paraíso. Para o resto, o Sheol é o lugar de descanso até o dia do julgamento.

Outros trechos da Bíblia declaram que morremos uma só vez e, depois, vem o julgamento final (Hb 9:27). Ao escrever para os coríntios, Paulo diz que, na morte, nos ausentamos do corpo e entramos na presença do Senhor (2Co 5:8).

Episódios da vida de Jesus sugerem que Deus pode permitir que alguns mortos sejam revocados, mas apenas por tempo limitado e com propósito específico. Essa verdade se aplica, em particular, ao acontecimento no monte da Transfiguração, local onde três discípulos que acompanhavam Jesus viram, com espanto, as figuras veterotestamentárias de Elias e Moisés ao lado de Jesus, conversando com ele.

A Bíblia corrobora a ideia de realidades espirituais além de nossa existência temporal, mas não apoia a ideia de que

A SEDUÇÃO DO CREPÚSCULO

zumbis sugadores de sangue ou vampiros elegantes possam caminhar pela terra e, muito menos, discute se vampiros têm alma e se serão aceitos diante de Deus e entrarão no céu.

Mas, no cerne da saga *Crepúsculo*, encontramos um homem de paz, cujo caráter parece ter sido moldado por um envolvimento com o cristianismo antes de sua iniciação infeliz como vampiro. Que princípios subjacentes norteiam a vida de Carlisle Cullen?

O HOMEM DE PAZ

Carlisle é filho de um clérigo anglicano do século XVII que perseguia ativamente grupos dissidentes na sociedade de sua época. Ia ao encalço de bruxas e hereges, mas sua principal função era caçar vampiros. Carlisle começa a duvidar de algumas das convicções de seu pai e se aflige com o fato de causarem a morte de inocentes. O angustiado Carlisle consegue, porém, rastrear vampiros de verdade e consola-se com o fato de que está ajudando a proteger as pessoas de um grande mal.

Durante uma dessas caçadas, é atacado mortalmente por vampiros e transformado, tendo de esconder-se para não ser, também, caçado e destruído. Durante muitos anos, luta sozinho para sobreviver, mas, por ter se disciplinado para não desejar sangue humano e se alimentar apenas de animais, encontra algum contentamento na vocação de médico. Afasta-se dos clãs de vampiros ao redor do mundo e, aos poucos, cria uma família em torno de si ao transformar em vampiros pessoas à beira da morte e treiná-las para beber somente o sangue de animais.

Apega-se obstinadamente à fé que havia abraçado antes de se tornar vampiro e diz a Bella: "Nunca, nem em quatrocentos anos, desde que nasci, vi algo que me fizesse duvidar de que Deus existe, de uma forma ou de outra".[11]

Carlisle tem consciência de que, de modo geral, os vampiros não se qualificam como candidatos para o céu do Deus judaico-cristão. "Todos dizem que somos amaldiçoados, apesar de tudo. Mas eu espero, talvez como um tolo, que levemos algum crédito por tentar".[12] Não é assim que as coisas funcionam no Novo Testamento: "Pois vocês são salvos pela graça, por meio da fé [...] não por obras, para que ninguém se glorie" (Ef 2:8-9). Lembrando-nos, porém, de que se trata de uma história, daremos a Carlisle o benefício da dúvida.

Depois de decidir que não tirará a vida nem beberá o sangue de nenhum ser humano, Carlisle segue sua própria lógica irresistível e se torna pacificador e restaurador da vida. Não é retratado como um pacifista consumado e está disposto a defender seus amigos da agressão de vampiros predadores. Pode-se dizer que, ao fazê-lo, porém, adota uma filosofia de "guerra justa" com limites bem claros.

Sua determinação fica evidente no modo ativo como busca a paz. Ao fixar residência nas cercanias de Forks, procura Ephraim Black, líder indígena local, e propõe o fim das rivalidades entre lobisomens e vampiros. Estes comprometem-se a ficar fora da reserva indígena e a não caçar humanos nem criar novos vampiros.

Carlisle continua a enfatizar a lógica de seu posicionamento ao longo de toda a história. Em seus quase quatrocentos anos de existência como vampiro, abriu poucas exceções a esse compromisso firme. Uma delas foi a permissão para que Rosalie se vingasse dos homens que a estupraram e entregaram à morte.

Em *Sol da meia-noite*, ele afirma claramente sua postura quando é confrontado com a atitude militante de Rosalie e sua determinação de matar Bella, para evitar que os vampiros sejam revelados à comunidade local:

> Carlisle nunca fazia concessões.
>
> — Sei que suas intenções são boas, Rosalie, mas [...] gostaria muito que nossa família fosse digna de ser protegida. Um ocasional [...] acidente ou lapso de controle é parte lamentável de quem somos.
>
> Era típico dele incluir-se, no plural, apesar de nunca ter sofrido um lapso desses.
>
> — Matar uma criança inocente a sangue frio é outra história. Quer ela verbalize suas suspeitas quer não, creio que o risco que ela representa não é nada comparado ao risco maior. Se abrirmos exceções para nos proteger, colocaremos em perigo algo muito mais importante. Arriscaremos perder a essência de quem somos.
>
> Rosalie franziu a testa — É só uma questão de ser responsável.
>
> — É ser insensível — Carlisle corrigiu com delicadeza. — Toda vida é preciosa.[13]

Sua aversão à violência é entranhada. Apesar de Carlisle estar disposto a usar força contra a horda de vampiros que chega com os Volturi, e dar permissão a Jasper para treinar outros para lutar, Bella observa que há dor em seus olhos. "Ninguém odiava mais a violência do que ele".[14]

Também é um homem de palavra. Recusa-se a voltar atrás em seu acordo com os lobisomens quando um possível aliado se dispõe a mudar de lado no conflito iminente, em troca da oportunidade de se vingar dos lobos responsáveis pela morte do vampiro Laurent quando este ameaçara atacar Bella. Carlisle e Edward refreiam os vampiros do clã Denali depois que Caius mata Irina na tentativa de gerar violência entre os Volturi e os aliados dos Cullens.

O compromisso com a dignidade, a tolerância e o perdão se torna parte da ética de quem convive com Carlisle. Edward pede-lhe que tome providências quanto ao homem que liderou o ataque a Bella, em Port Angeles. (O pedido em si sugere o afeto e a confiança presentes em uma família estável, na qual os filhos buscam e aceitam o conselho do pai.) Edward considera Carlisle uma bússola moral e expressa a própria cautela em relação à guerra e à violência ao comentar com Bella sobre a "glória idealizada da guerra" que cercava os jovens de sua idade antes da grande epidemia de gripe em 1918, que quase matou Edward e resultou em sua iniciação como vampiro, por Carlisle.[15]

Vários outros personagens parecem ter inclinação natural para a tolerância e a promoção da paz. Seth, o jovem lobo, neutraliza possíveis conflitos em várias ocasiões. Alice nunca teve as mesmas reservas que os outros Cullens mais jovens em relação a Bella. Esta não vê razão para o conflito entre lobos e vampiros e se declara neutra como

A SEDUÇÃO DO CREPÚSCULO

a Suíça no tocante a essas rivalidades, que se arrastam há séculos.

Por vezes, só é preciso uma voz para fazer muitos pararem e refletirem sobre escolhas outrora automáticas. Carlisle é essa voz entre os vampiros sedentos de sangue. Edward, Bella e Renesmee seguem seu exemplo e impressionam Nuhuel. Ele percebe que as ambições de seu pai vampiro de formar uma super-raça não são o único modo de avançar e que consegue encontrar apoio para seu anseio latente por paz.

A influência de Carlisle sobre a família que formou para si aponta para outro conjunto de princípios subjacentes, que se ramificam nos cinco livros. Quem ajuda os protagonistas a encontrarem seu rumo no mundo? Bella experimenta o amor incondicional de Charlie Swan, que se esforça ao máximo para ajudá-la a descobrir limites saudáveis. Fica evidente que a mãe de Bella, Renée, ama a filha, mas há uma inversão curiosa de papéis e, em muitas ocasiões, é Bella quem se mostra tão madura quanto uma mulher na casa dos trinta. Influenciado, sem dúvida, pelo modelo positivo de matrimônio que vê em Carlisle e Esme, Edward deseja firmar uma aliança com Bella em uma cerimônia de casamento. Bella, por sua vez, tem certo preconceito em relação ao casamento devido à relação malsucedida dos pais, e não valoriza a ideia tanto quanto Edward.

Bella, no entanto, tem consciência instintiva da importância da família. Quando Caius busca um pretexto para atacar os Cullens no confronto final por causa de Renesmee, ela reflete que talvez ele não entenda "as famílias de verdade — as relações baseadas em amor, e não apenas no amor pelo poder".[16]

Garret, vampiro que escolheu apoiar os Cullens, faz um discurso fervoroso aos Volturi e aos vampiros reunidos como "testemunhas":

> Testemunhei os laços que unem esta família [...] me parece que intrínseco a este forte laço familiar — o que o torna possível — é o caráter pacífico dessa vida de sacrifício. Não há agressividade [...] não há a intenção de domínio.[17]

Se há um elemento das histórias em que a saga *Crepúsculo* chega mais perto de anunciar boas novas verdadeiras, então é nesse. A determinação de Carlisle de ser um homem "piedoso", não obstante a condição pouco promissora de vampiro, reflete-se em todos os aspectos de sua vida e também na vida de outros que escolhem a abnegação, o sacrifício e o autocontrole. Ele resiste à violência e não cogita a dominação.

Se a jornada de fé de Carlisle o levou a ser um homem de paz, para onde a jornada de Edward o está conduzindo?

8

CREPÚSCULO DA ALMA

🍎 **Se há alguém na saga *Crepúsculo* que pensa seria**mente na vida e no destino de maneira visível ao leitor, esse alguém é Edward. Ele oscila entre uma visão de moralidade e vida relativamente convencional e teocêntrica e ideias mais pagãs a respeito do papel do destino. Usa imagens da religião como meio de descrever suas emoções e reações, e não de direcionar com precisão para sua maneira de pensar a espiritualidade.

Como Esme, sua mãe adotiva, ele fala de Destino. Na mitologia grega e romana, o Destino era determinado pelas moiras, três criaturas que deviam ligar-se aos seres humanos três dias depois do nascimento e servir-lhes de guias. Edward preocupa-se com o fato de ser a moira de Bella uma "harpia amargurada" sem nenhum interesse por seu bem-estar.[1] Gostaria de crer que ela tem um anjo da guarda, mas, se considerar sua tendência para acidentes, conclui que ela tem um anjo imprudente.[2]

Bella prefere crer que Edward talvez seja um arcanjo, tendo em vista a beleza de sua voz.[3] Ele, por sua vez, conjectura se Bella é um demônio enviado para provocá-lo e inflamar seus desejos humanos e vampirescos.[4]

As ideias de Edward a respeito de Deus, pecado e perdão aparecem logo nos primeiros parágrafos de *Sol da meia-noite*. Reflete que a escola é como o Purgatório, lugar intermediário entre a terra e o céu onde alguns católicos acreditam que os pecados omitidos na confissão e no arrependimento na terra podem ser perdoados, se as pessoas certas fizerem pelo falecido as orações certas. Edward raciocina que, se fosse possível expiar seus pecados, certamente a frequência à escola contaria de algum modo.

Ao contrário de Carlisle, Edward crê que para ele não há volta. Além de ser vampiro, foi incapaz de exercitar o mesmo autocontrole demonstrado por Carlisle nos últimos quatro séculos. Durante um período de rebelião, Edward caçou seres humanos. Apesar de se ter limitado a homens perversos e perigosos, acredita que a violência pretensamente coberta de justiça divina cometida contra homicidas é imperdoável. Diz a Bella que a vida precisa de limites e que ele desobedeceu repetidamente à ordem de Deus de não matar.

Outros não apresentam tanta convicção. Emmett critica Edward e adverte que a eternidade é tempo demais para se afogar em culpa.[5] Carlisle diz, a respeito de Edward: "Sua força, sua bondade, a luz que emana dele [...] E isso só alimenta essa esperança, essa fé, mais do que nunca. Como pode não haver mais nada para alguém como Edward?".[6]

É difícil especular como a teologia da graça se aplicaria a um vampiro. Os sentimentos de Edward acerca de sua alma, que talvez pudessem até ser coerentes com a lógica interna da mitologia vampiresca, não mudam em função das mensagens de Carlisle sobre a graça. Um motivo importante para isso é o fato de toda a estrutura da narrativa e a tensão romântica e sexual entre Edward e Bella dependerem da demonstração de autocontrole de Edward, por medo de machucar Bella e por relutar em transformá-la em vampira, por preocupar-se com a alma dela.

Stephenie Meyer chega a colocar Edward no meio da controvérsia sobre criação e evolução. Ele não despreza a evolução, mas comenta ter dificuldade em crer que a vida na terra tenha simplesmente surgido, por si mesma. No início do relacionamento com Bella, Edward reflete que talvez Deus tenha criado os vampiros.[7] Depois de abrir essa caixa de Pandora teológica, Meyer prossegue, mais que depressa, com a narrativa e, desse ponto em diante, Edward se atém apenas a especular sobre a alma.

Edward tem firme convicção de que, para os vampiros, não há vida depois da existência presente e está certo de que Bella o odiará por roubar-lhe a alma, caso ele lhe ofereça novo nascimento como vampira. Apesar de sua ambivalência a respeito de questões espirituais, Bella deixa claro que seguirá as regras de Edward e que não deseja arriscar a alma e o destino eterno dele.

Ao longo da história, Edward expressa, repetidamente, preocupação com a alma de Bella. Não quer condená-la "à eternidade da noite".[8] Sua relutância em transformá-la em

CREPÚSCULO DA ALMA   109

vampira o leva a deixar Forks para que ela possa prosseguir com a vida e encontrar amor com um humano. Mesmo depois de voltar, surpreende-se com o anseio de Bella por algo que, na visão dele, corresponde à condenação eterna, e continua determinado a não destruir a alma de sua amada. Bella, por sua vez, acredita que o fato de Edward quase ter sido destruído pelos Volturi o levou a considerar que talvez Carlisle esteja certo, e a alimentar esperanças a respeito da eternidade.

Edward não tem dúvidas de que se, um dia, for derrotado numa batalha e destruído com fogo, irá para o inferno. Sugere, com irreverência, que se permitiu entrar no relacionamento com Bella, um romance condenado ao fracasso, porque, uma vez que o inferno é inevitável, ele pode muito bem "fazer o serviço completo".[9]

Por fim, ele sucumbe ao desejo por Bella. Parece disposto a trocar o medo do futuro pela felicidade no presente, e consente em transformá-la em vampira.

Encontramos muitas características admiráveis em Edward. Ama a bondade e corresponde a ela quando a encontra na vida de Esme, Carlisle, Bella e Angela. Por mais equivocadas que sejam suas ideias a respeito da eternidade e da alma, tem princípios e compaixão e busca fazer o que é melhor para sua amada. Aceita o conselho de outros e concorda em fazer as pazes com Jacob, apesar da forte competição entre os dois pelo afeto de Bella. A disposição de ir contra sua natureza como vampiro e respeitar os seres humanos é um atributo positivo, mesmo antes de começarmos a entender plenamente o caráter mais amplo que ele demonstra ao longo das páginas da saga.

LIVRE-ARBÍTRIO

Por mais que admiremos Edward, que apesar de falível é um homem de princípios, precisamos destacar uma contradição importante no centro da visão de mundo dele e de outros personagens. A questão da qual trataremos reflete uma possível fraqueza na premissa da série como um todo. Ela gira em torno da tensão entre livre-arbítrio e predestinação.

Um versículo de Gênesis serve de introdução à saga:

> Mas do fruto da árvore que está no meio do jardim, disse Deus: Não comereis dele, nem nele tocareis para que não morrais.[10]
>
> Gênesis 3:3

Esse texto-chave da Escritura marca o momento em que a posse do livre-arbítrio é evidente em homens e mulheres. Suas escolhas, porém, têm consequências. A maçã na capa de *Crepúsculo* é uma referência simbólica ao fruto oferecido de forma sedutora a homens e mulheres pela antiga serpente? Ou Meyer simplesmente sugere a possibilidade de livre-arbítrio e pergunta como pode ser usado?

Como deixou claro em entrevistas, Meyer acredita que parte da função da história é explorar conceitos relacionados ao livre-arbítrio. Em uma entrevista com Lev Grossman, da revista *Time*, disse: "Temos livre-arbítrio, que é uma dádiva imensa de Deus". Ao refletir sobre como Edward controla a sede de sangue, a autora comenta: "Creio que essa é a metáfora por trás de meus vampiros. Não importa em que ponto da vida você está empacado nem o que pensa que

CREPÚSCULO DA ALMA   111

precisa fazer, sempre pode escolher outra coisa. Sempre há um caminho diferente".

A decisão de abster-se de humanos é o grande ato simbólico de livre-arbítrio no cerne da história. Apesar de Edward descrever sua condição como "um destino que nenhum de nós quis", é mais provável que se refira às realidades de seu estado presente como vampiro, e não à predestinação desse acontecimento por um poder superior.[11] Aliás, Edward deixa bem claro nesse ponto que tem a opção de se elevar acima das limitações de seu destino, e conquistá-las.

Carlisle e aqueles que o imitam dispõem-se a ir contra a própria natureza a fim de buscar o bem. Edward verbaliza esse fato em Sol da meia-noite: "Não precisava ir à casa dela. Não precisava matá-la. Evidentemente, eu era um ser racional e pensante, e tinha escolha. Sempre havia escolha".[12]

A abrangência desse livre-arbítrio se amplia pela maneira como é apresentada a aptidão de Alice de ver o futuro. Ao explicar a Bella essa aptidão, Edward comenta que "o futuro não está gravado em pedra". Como a própria Alice observa, em decorrência das decisões que as pessoas tomam quando mudam de ideia, "todo futuro se altera".[13]

Garret, o vampiro impetuoso, encoraja os aliados da família Cullen acusando os Volturi de tentarem desencadear um conflito com a intenção de acabar com o livre-arbítrio, com a capacidade deles de escolher não matar e com a influência dessa escolha sobre outros.

Edward reforça o conceito de livre-arbítrio e amplia a discussão entre os vampiros sobre características inatas e adquiridas quando explica como Jasper lida com o fato de

112 A SEDUÇÃO DO CREPÚSCULO

Bella exercitar autocontrole considerável logo nas primeiras semanas como vampira:

> Ele está se perguntando se a loucura dos recém-criados é realmente tão difícil quanto pensamos, ou se, com o foco e a atitude corretos, qualquer um pode se sair tão bem quanto Bella [...] talvez ele só tenha essa dificuldade porque acredita que é natural e inevitável. Talvez, se tivesse esperado mais de si mesmo, teria alcançado essas expectativas. Você o está fazendo questionar muitos pressupostos arraigados, Bella.[14]

Até aí, tudo bem. O problema, porém, é que muitos dos personagens também falam de sina, destino e da determinação irresistível de uma lei invisível.

Enquanto os vampiros exercitam seu livre-arbítrio ao se absterem de sangue humano, os lobisomens não parecem ter a mesma oportunidade. Quando há vampiros ativos em seu território, ocorre a iniciação involuntária, e os rapazes indígenas são transformados em lobos. Dentro dessa nova identidade, encontram-se presos a uma regra de "*imprinting*", segundo a qual, em algum momento, encontrarão a futura esposa e não terão escolha, pois se sentirão absolutamente compelidos e, de fato, felizes em formar esse novo relacionamento.

Também encontramos o vocabulário associado ao destino nos lábios daqueles que acreditam que o futuro pode ser alterado com nossas escolhas. Edward fala de um "desgoverno do destino", que o torna o "protetor" mais próximo da

CREPÚSCULO DA ALMA 113

vulnerável Bella. Conjectura se seus esforços para protegê-la correspondem a "lutar contra o destino".[15] Bella imagina se sua hora chegou e se as tentativas de Edward de salvá-la estão "interferindo no [seu] destino".[16]

Carlisle também identifica uma força oculta em ação no relacionamento entre Edward e Bella. Reflete que talvez haja um propósito maior, e seja o destino deles.[17] No tocante ao seu relacionamento com Edward, Bella não é retratada como uma personagem que toma decisões racionais. Ela se pergunta se, de fato, tem alguma escolha. Confessa: "Minha decisão estava tomada antes mesmo que eu tivesse escolhido conscientemente".[18]

A contradição interna da narrativa entre sina, destino ou predestinação e livre-arbítrio pessoal não se resolve com facilidade. Por trás de ideias a respeito do destino, encontramos ações atribuídas a um poder superior operando na vida do indivíduo. É comum entender que o livre-arbítrio inclui a capacidade de mudar nossa situação por meio de escolhas racionais e do exercício de nossa vontade.

No contexto da saga *Crepúsculo*, muitas das conversas sobre sina e destino ocorrem em falas dos protagonistas marcadas por forte teor emocional. As falas mais pensadas sobre livre-arbítrio parecem ocorrer com maior frequência no contexto de uma conversa ou da reflexão tranquila. Uma indica a discussão que talvez nos ocupe a mente de forma constante, enquanto a outra mostra a realidade de como vivemos e agimos, de fato.

Para muitos dos leitores, a discussão não é de ordem acadêmica. Aqueles que operam dentro de um contexto cristão observarão que ela envolve duas escolas de pensamento.

Um grupo dá pouquíssima ênfase à capacidade humana de realizar escolhas corretas e parece sugerir que boa parte de nossa vida foi planejada por Deus. Devemos tentar descobrir, portanto, quais são os planos dele e nos preparar para o fato de que ele permite dificuldades em nossa vida a fim de nos ajudar a crescer em maturidade.

Muitas outras pessoas dentro do cristianismo ortodoxo acreditam, porém, que Deus opera na história e em nossa vida, mas que precisamos fazer escolhas com respeito a segui-lo e buscar sua ajuda na jornada da qual ele nos convidou a participar. Não consideram o futuro algo predeterminado, mas entendem que o Criador das estrelas no céu é plenamente capaz de antever nossas decisões e continuar a interagir conosco e com outros enquanto se move em direção aos seus propósitos eternos. Acreditam que as dificuldades são, muitas vezes, resultado da humanidade decaída, e não provas enviadas para testar nosso fervor, como parte da vontade de Deus.

Os parágrafos curtos acima não são suficientes nem para começar a fazer jus à discussão que, há séculos, ocupa a mente de estudiosos do mundo inteiro. Mas é nesse contexto que emolduram as questões que estamos discutindo.

Stephenie Meyer inseriu a polêmica do livre-arbítrio em uma narrativa em que os personagens principais precisam escolher resistir a um impulso intrínseco a sua natureza. Tendo em vista o caráter da narrativa, a autora não tem como prover todo conselho, toda sabedoria e reflexão adicionais

CREPÚSCULO DA ALMA

sobre o papel do Espírito Santo, que caracterizariam uma perspectiva cristã do assunto. Numa cultura em que a responsabilidade pessoal é, com frequência, marginalizada por afirmações de que temos o direito de seguir nossos impulsos, é bastante positivo a autora ter levantado essa questão.

A SAGA *CREPÚSCULO* PROCLAMA BOAS-NOVAS?

Para respondermos a essa pergunta, talvez devamos fazer uma pausa e dar uma última espiada em como os livros abordam a questão de certo e errado, bem e mal.

É característico da natureza da tradição dos épicos morais, dentro da qual esses livros se encontram, que haja pessoas claramente reconhecíveis por sua maldade e com as quais o leitor não formará nenhuma ligação. Depois de se identificar emocionalmente com aqueles que refletem benevolência e decência, o leitor é convidado a se identificar, de outras formas, com os personagens principais e suas virtudes e fraquezas.

A linguagem da moralidade está sempre próxima dos lábios dos narradores da saga *Crepúsculo*. Alice sugere complexidade moral ao pedir a Edward que não parta, quando ele considera insuportáveis as dificuldades em torno do relacionamento com Bella: "Mas, há várias maneiras certas e várias maneiras erradas, não?".[19] Bella diz, em tom de brincadeira, que ele é "estranhamente moralista para um vampiro" e fica bem claro que, apesar de ser perigoso, não é perverso.[20]

Edward trava uma luta interior. Sabe que o autocontrole exercitado na presença de Bella é correto, moral e ético, mas não retrata o que ele deseja de fato. Ao refletir sobre

116 A SEDUÇÃO DO CREPÚSCULO

o motivo de talvez não haver um céu para ele, considera as regras que devem governar a vida e cita os Dez Mandamentos bíblicos.[21]

Descobrimos que Alice e Jasper desenvolveram consciência, abandonaram a caça aos humanos sem orientação externa e se aproximaram de Carlisle porque buscam outros que pensem como eles. Benjamin, personagem surpreendente que aparece nos últimos capítulos da saga e apresenta poderes miraculosos notáveis, tem a capacidade bastante desenvolvida de discernir entre certo e errado.

Um modo de pensar virtuoso resultará em escolhas virtuosas. É de esperar que uma narrativa extensa como a saga *Crepúsculo* tenha alguns personagens bons por natureza, outros simpatizantes do bem, mas imperfeitos, e outros, ainda, decididamente perversos.

Se medirmos agora a temperatura moral da história, será que encontraremos um paciente saudável?

Perdão

Qualidade demonstrada por Bella em relação a Jacob e Edward. Quando ela cogita se recusar a perdoar, Charlie Swan a incentiva a perseverar nessa virtude. Edward deseja que Bella o perdoe, e Aro, líder dos Volturi, pede perdão quando ele e seu clã se retiram do confronto provocado por Irina.

Amar o próximo

Ao que parece, a instrução não é válida se o próximo for Eric, o garoto cheio de espinhas. Com exceção desse incidente, vários personagens demonstram preocupação abnegada por outros. Angela Weber destaca-se na personificação do amor incondicional e esquiva-se da hipocrisia e superficialidade atribuídas a vários outros colegas de escola.

Violência
Carlisle exemplifica uma forma de viver que busca respeitar a humanidade e dignidade de outros. Esforça-se para neutralizar situações violentas e sanciona apenas a autodefesa. Possui reverência pela vida, uma virtude que outros procuram imitar. Talvez seja típico da abordagem amoral de Bella da vida o fato de ela decidir que Jacob será seu melhor amigo, quer ele mate pessoas quer não em sua nova identidade como lobo. Ela parece pensar sempre com os sentimentos.

Sacrifício
Bella fica profundamente comovida com a história quileute sobre a terceira esposa de seu grande chefe guerreiro. A mulher se corta durante uma batalha para distrair um agressor vampiro e possibilitar a sobrevivência de outros. Bella tenta imitá-la na batalha épica, na clareira, com a assassina Victoria.

Bebês no ventre materno
Stephenie Meyer abre espaço para discussões sobre a situação das crianças por nascer quando fica clara a gravidez de Bella de um bebê incomum, que cresce rapidamente. Edward descreve a criança no ventre como "a coisa". Jacob se refere a ela com a mesma terminologia que usaria para

um objeto. Em alguns diálogos, Edward a chama de "feto", mas Jacob suspeita que ele esteja apenas sendo educado, e não sincero.[22]

Bella fala repetidamente do sentimento de ligação com o bebê dentro dela. Depois do nascimento, fica evidente que, enquanto ainda estava no ventre, Renesmee teve experiências formativas, inclusive consciência da ligação entre Jacob e Bella.

A impressão de que Meyer assumiu uma postura em favor da vida (i.e., contrária ao aborto) levou muitos leitores a rejeitarem o livro *Amanhecer*. Na história, a decisão de deixar que a criança nascesse, apesar dos temores legítimos de que a mãe corria risco de morte (fato que, em algumas tradições religiosas, torna o aborto permissível), é justificada de forma profundamente irônica pela afirmação de que deviam respeitar a escolha de Bella.

Dinheiro

Bella e Angela são dignas de certo crédito por não considerarem essenciais para sua identidade o dinheiro e o luxo associado à riqueza. Alice, como vimos, encabeça o consumismo desenfreado.

Sexo

É o que não falta nos livros. Só não é consumado antes de Bella e Edward se casarem. A saga vende o mito de beleza da cultura do Ocidente junto com o retrato de Edward como objeto sexual. A heroína não tem nenhuma ideologia nessa área; simplesmente vive de acordo com seus sentimentos.

Poder

O texto apresenta duas espiritualidades. Uma é o conjunto de tradições míticas e fantásticas do quileutes, a outra é uma forma de poder espiritual pessoal oriunda da mente. Para muitos leitores ocidentais, os mitos indígenas norte-americanos são fantásticos demais para ser considerados qualquer coisa que não uma história. A espiritualidade associada ao poder mental, porém, encontra paralelos em outro *best-seller*: *O símbolo perdido*, de Dan Brown. Oferece uma religião sem rituais nem compromissos e, o que é mais importante, sem limites. Também promete o poder pelo qual muitos anseiam para controlar suas circunstâncias.

FRAGMENTOS DE SABEDORIA

Temos plena consciência de que não somos perfeitos. Como o apóstolo Paulo, entendemos que, por vezes, fazemos o que não desejamos e deixamos de fazer o que desejamos (cf. Rm 7). Nossa atitude ao avaliar as virtudes morais desses *best-sellers* deve ser, portanto, de humildade.

Encontramos fragmentos de sabedoria espalhados por toda a saga. Vemos mulheres que amam incondicionalmente. Descobrimos um homem dedicado à paz. Encontramos indivíduos dispostos a perdoar e se sacrificar por outros. Vemos um clã mundial de pessoas que se esforçam para controlar seus impulsos destrutivos. Vemos, também, uma família que promove a sabedoria.

Encontramos Deus ou um eco dele. Não esperávamos deparar com Jesus nem com o Espírito Santo, mas, sem eles, vemos Edward preso em um mundo onde é impossível encontrar graça e perdão.

No centro da narrativa, descobrimos os ídolos da beleza, do poder oculto, do consumismo e do erotismo indisciplinado, apresentados, em alguns casos, com certo grau de ingenuidade e, em outros, com prazer irrefletido.

E, no entanto, a saga *Crepúsculo* contém muitos aspectos admiráveis. Não obstante qualquer outra consideração, os livros são agradáveis de ler e muitos de seus elementos são saudáveis e positivos. Mas as fraquezas são sérias, e a saga deve ser lida com cautela e reflexão. Espero que este livro curto tenha ajudado nesse processo, pois é sempre perigoso ler sem espírito crítico. Obviamente, a saga *Crepúsculo* não é a bíblia de uma nova religião, o que é bom, pois, se fosse, teríamos de dizer que oferece um evangelho falso. Aprecie a história, mas não deposite nela sua fé.

Existem quatro livros que o ajudarão a descobrir as verdadeiras boas novas, caso você ainda não as conheça. São apresentados em um pacote com outros livros e já venderam muito mais de 70 milhões de exemplares: Mateus, Marcos, Lucas e João. Você encontrará narrativas épicas de amor, compaixão que desafia a cultura, rebeldia política, vida simples e um poder espiritual humilde.

Livros que compõem a saga *Crepúsculo*

Crepúsculo. Trad. Ryta Magalhães Vinagre. 3a ed. Rio de Janeiro: Intrínseca, 2009.

Lua nova. Trad. Ryta Magalhães Vinagre. 2a ed. Rio de Janeiro: Intrínseca, 2009.

Eclipse. Trad. Ryta Magalhães Vinagre. Rio de Janeiro: Intrínseca, 2009.

Amanhecer. Trad. Ryta Magalhães Vinagre. Rio de Janeiro: Intrínseca, 2009.

NOTAS

Capítulo 1

[1] *Buffy, a caça vampiros* (1997-2003) acompanha a vida de Buffy, uma caçadora que luta contra vampiros, demônios e outras forças das trevas. *The West Wing* (1999-2006) retrata acontecimentos do cotidiano da Casa Branca, especialmente na Ala Oeste, onde trabalham o presidente e seus assessores diretos. Ambas as séries foram ao ar pelo sistema de transmissão televisivo a cabo.

Capítulo 2

[1] Os dois livros-chave em que se baseiam as informações contextuais deste capítulo são BERESFORD, Matthew. *From Demons to Dracula: The Creation of the Modern Vampire Myth*. London: Reaktion Books, 2008, e WILLIAMSON, Milly. *The Lure of the Vampire: Gender, Fiction and Fandom from Bram Stoker to Buffy*. London: Wallflower Press, 2005.

Capítulo 3

[1] *Crepúsculo*, p. 16.
[2] *Crepúsculo*, p. 348.
[3] *Amanhecer*, p. 46.
[4] *Crepúsculo*, p. 41.
[5] *Eclipse*, p. 176.
[6] *Amanhecer*, p. 315.
[7] *Lua Nova*, p. 16.
[8] *Crepúsculo*, p. 156.
[9] *Crepúsculo*, p. 17.
[10] Sutton HAMILTON, *Evaluation of the Clumsy Child*. Pediatrics for Parents.
[11] *Crepúsculo*, p. 22.
[12] *Crepúsculo*, p. 179.
[13] *Crepúsculo*, p. 187.
[14] *Lua Nova*, p. 28.
[15] *Amanhecer*, p. 42.
[16] *Amanhecer*, p. 189.
[17] *Amanhecer*, p. 310.
[18] *Amanhecer*, p. 312.
[19] O termo para cisne em inglês é *swan*, o sobrenome de Bella.
[20] Karen DILL, *How Fantasy Becomes Reality*. Oxford: Oxford University Press, 2009.
[21] Naomi WOLF, *The Beauty Myth: How Images of Beauty Are Used Against Women*. New York: Anchor Books/Doubleday, 1992. |Tradução em português: O mito da beleza: como imagens de beleza são usadas contra mulheres. Rio de Janeiro: Rocco, 1992.|

124 A SEDUÇÃO DO CREPÚSCULO

[22] *Crepúsculo*, p. 20.

[23] *Crepúsculo*, p. 24.

[24] *Sol da meia-noite*, p. 103, 147 (no original, em inglês).

Capítulo 4

[1] *Crepúsculo*, p. 22-23.

[2] *Lua Nova*, p. 16.

[3] *Crepúsculo*, p. 69.

[4] *Crepúsculo*, p. 160.

[5] *Eclipse*, p. 36.

[6] *Eclipse*, p. 36.

[7] *Amanhecer*, p. 213.

[8] *Amanhecer*, p. 17.

[9] *Sol da meia-noite*, p. 244 (no original, em inglês).

[10] Duas regiões dos EUA conhecidas por sua maior consciência ecológica.

[11] Programa de televisão que visita mansões de celebridades.

[12] *Reality show* em que jovens competem por uma vaga de modelo em uma agência.

[13] Nome artístico de Sean John Combs, *rapper*, ator, estilista de roupas masculinas e empresário de sucesso nos EUA.

[14] Atriz, cantora, dançarina e estilista norte-americana de origem hispânica, conhecida por sua participação em filmes românticos.

[15] *Socialite* e celebridade norte-americana, herdeira da rede de hotéis Hilton. Famosa por sua sensualidade e rebeldia.

[16] Programa de televisão que acompanha o dia a dia de moças que moram em Los Angeles, Califórnia.

[17] Baseado em uma série de livros, o programa retrata a vida de jovens ricos, em Manhattan, Nova York.

[18] Programa de televisão em que voluntários recebem um "banho de loja", resultando numa transformação de visual. Há, também, a Home Edition, voltada a reconstruir casas para famílias carentes, mas não é a essa versão que o autor se refere.

[19] Empresárias e consultoras inglesas que oferecem, em seu *site*, conselhos de beleza, moda, estilo e viagens.

[20] Série sobre três feiticeiras "do bem" que vivem em uma mansão em São Francisco, Califórnia.

Capítulo 5

[1] Série norte-americana de televisão que mostra a vida de mulheres que moram e trabalham em Nova York, focalizando, principalmente, sua sexualidade.

[2] Série norte-americana de televisão que retrata o cotidiano de donas de casa em uma cidade fictícia dos EUA.

[3] *Sol da meia-noite*, p. 27 (do original, em inglês).

[4] *Eclipse*, p. 52.

[5] *Sol da meia-noite*, p. 211, 235 (do original, em inglês).

[6] *Crepúsculo*, p. 152.

[7] *Lua Nova*, p. 266.

[8] *Lua Nova*, p. 141.

[9] *Lua Nova*, p. 266.

[10] *Crepúsculo*, p. 227.

[11] *Eclipse*, p. 141.

[12] *Eclipse*, p. 320-322.

[13] *Amanhecer*, p. 91.

Capítulo 6

1 *Crepúsculo*, p. 225.

2 *Amanhecer*, p. 450.

3 Norma J. MILANOVICH, Shirley D. MCCUNE. *A luz o libertará*. São Paulo: Pensamento, 2000.

4 D. M. MACKAY. "Science and the Bible", *The Open Mind and Other Essays*. Ed. Melvin Tinker. Downers Grove, IL.: Inter-Varsity Press, 1988, p. 150.

Capítulo 7

1 *Lua Nova*, p. 35.

2 *Lua Nova*, p. 103.

3 *Lua Nova*, p. 191.

4 Dresden, detetive e bruxo, é o protagonista da série de livros *The Dresden Files* [Arquivos Dresden], publicada anualmente, desde 2000, e transformada em série de televisão, a partir de 2007.

5 *Crepúsculo*, p. 240-241.

6 *Amanhecer*, p. 475.

7 *Crepúsculo*, p. 201.

8 *Amanhecer*, p. 150.

9 *Sol da meia-noite*, p. 226-227 (no original, em inglês).

10 Peter COTTERELL, *I Want to Know What the Bible Says About Death*. Eastbourne: Kingsway Publications, 1979.

11 *Lua Nova*, p. 35.

12 *Lua Nova*, p. 35.

13 *Sol da meia-noite*, p. 82-83 (do original, em inglês).

14 *Eclipse*, p. 221.

15 *Eclipse*, p. 201.

NOTAS 127

[16] *Amanhecer*, p. 531.

[17] *Amanhecer*, p. 539.

Capítulo 8

[1] *Amanhecer*, p. 400.

[2] *Sol da meia-noite*, p. 251 (do original, em inglês).

[3] *Crepúsculo*, p. 227.

[4] *Crepúsculo*, p. 198.

[5] *Sol da meia-noite*, p. 32 (do original, em inglês).

[6] *Lua Nova*, p. 36

[7] *Crepúsculo*, p. 14.

[8] *Crepúsculo*, p. 340.

[9] *Crepúsculo*, p. 71.

[10] V. início do livro *Crepúsculo*.

[11] *Crepúsculo*, p. 224.

[12] *Sol da meia-noite*, p. 17 (do original, em inglês).

[13] *Crepúsculo*, p. 212, 312.

[14] *Amanhecer*, p. 356.

[15] *Crepúsculo*, p. 144.

[16] *Crepúsculo*, p. 132.

[17] *Sol da meia-noite*, p. 215 (do original, em inglês).

[18] *Crepúsculo*, p. 185.

[19] *Sol da meia-noite*, p. 55 (do original, em inglês).

[20] *Eclipse*, p. 382.

[21] *Eclipse*, p. 324-325.

[22] *Amanhecer*, p. 147,188.

Compartilhe suas impressões de leitura escrevendo para:
opiniao-do-leitor@mundocristao.com.br
Acesse nosso *blog*: www.mundocristao.com.br/blog

Diagramação:	Sonia Peticov
Fonte:	Novarese
Gráfica:	Imprensa da Fé
Papel:	Lux Cream 70 g/m^2 (miolo)
	Cartão 250 g/m^2 (capa)